U0011767

夢中的餅乾屋

琦君

增訂新版

琦君的有情世界

琦君的魅力從二十世紀延燒至二十一世紀，根據一份由知名連鎖書店針對業界、讀者、作家、文教記者等票選而出的報告，高齡八十五的琦君以《橘子紅了》銷售十萬冊，被譽為二〇〇一年出版界的風雲人物，在新世紀伊始獨領風騷。

從七〇年代迄今，琦君的文章為什麼不同世代的人都喜歡閱讀？曾有評者說她喚起了人們心底的鄉愁，「鄉」指的是人類的原鄉——與變易不居的時光抗衡，用筆為流金歲月定格。她筆下的人物不論是著何種服裝、操那一種口音，說的正是我們心裡想說的話，表達一種愛的堅持，體現中國人共有的情懷，溫暖而典雅。

誠意正心，再以清麗典雅的文字駕馭，所以曾經感動琦君的事物，一次次感動不同的讀者。

國學根柢深厚，在當代作家中少有人能與她抗衡，而琦君的白話文卻只見古文的精準，卻絕無深僻難懂的字句，讀來清淺自然，卻是一字也增刪不得，琦君曾說每寫完一篇文章，她一定逐句閱讀，刪一字也讀得通順就一定刪。就像所有風行不墜的藝術，它不是深奧的只屬小眾閱讀，也不是單薄的讀過就忘，而是簡潔深刻讓人一看難忘，重複閱讀或欣賞都有一見鍾情的喜悅。

故土情懷和對母親的愛是琦君寫作的原動力，名作家余光中曾說像梁實秋、張愛玲兩位作家不論住在哪裡，他們的文章一點也不受外在環境的影響，表現的情懷永遠是中國人的感性。琦君也是如此，琦君說她有兩個故鄉，一個是出生的老家浙江永嘉，一個是生活了四十年的台灣。美國，是客居，所以近幾年來的文章思鄉成了主線。

精選自《萬水千山師友情》、《淚珠與珍珠》二書的《夢中的餅乾屋》，正是琦君在「三度空間」浮遊心情的寫照。

琦君的懷舊文字不論寫人、寫事、寫物，總令人百讀不厭，她筆走不同時空，

琦君的有情世界

由眼前瑣事帶到過去，以赤子童稚清明無邪的眼光看世界，清澈自然，輯一〈幼兒看戲〉、〈夢中的餅乾屋〉、〈關公借錢〉等篇章，琦君所寫的「童稚情懷」，純美、天真，在好看的故事中，藉著慈祥長者的叮嚀，說出普遍而永恆的真理。

琦君是虔誠的佛教徒，對人常懷不忍人之心，本書第二輯「此心春常滿」，她寫旅居生活，關懷面由近在眼前的小動物、小花、小草等頓悟生機，如〈十步芳草〉、〈窗前小鳥〉、〈第一枝春花〉等，到弱勢的老人、小孩，如〈梯〉、〈「你看到過我嗎？」〉表現的正是琦君可愛的「婦人之仁」。

才情加上用功，是琦君創作的活水源頭，在「文人與書生」一輯，談讀書、說寫作，深入淺出，四十年寫作，琦君細說從前，為我們展示一個成功的寫作者，來自日積月累的讀書、觀察與不斷試煉。

散文易寫難工，「散文家」是琦君另一張身分證，因為情是她文章不變的主調，讀琦君的散文正是走入大家共築也共嚮往的有情世界。

——編者

目錄

輯一 童稚情懷

輯二

此心春長滿

輯三

文人與書生

輯一

童稚情懷

新春的喜悅

今天已是立春，但距離農曆新年還有半個月。在這半個月中，心情上有一份過了一個新年，還有一個新的興奮與期待。在異鄉異國，尤不免懷念故鄉的農曆新年。

我的故鄉，是一個民風純樸的農村。新年的期間特別長。要從臘月二十四日送竈神開始，直到二月初二迎神大廟會後才算尾聲。孩子們在融融的爐火、紅紅的紗燈，和片片雪花中，穿紅著綠，蹦蹦跳跳，吃吃玩玩，好開心啊。

記憶中最開心的事，就是穿上新衣，提著紅包，代表母親挨家去喝春酒。其實紅包裡只不過十幾粒紅棗或桂圓，就算對長輩的敬意了。但喝完了春酒以後，荷包裡卻裝著滿滿的糖果和柑桔，還有叮叮噹噹的壓歲錢。有的是銀元，有的是銀角子，都是我連聲喊阿公和阿婆，攤開手掌心接過來的。銀元交給母親存起來，角子留給自己買鞭炮和玩具，糖果糕餅吃得肚子像蜜蜂。

喝完左鄰右舍的春酒，我家還有一項特別節目，就是喝會酒。凡是村子裡有人需錢急用，要湊齊十二個人起個會。正月裡，會首總要請那十一個人喝春酒，表示感謝，地點一定借用我家的大花廳。酒席是從城裡叫來的，比鄉下人自己做的多了好幾道菜。稱之為「十二碟」。那就是四冷盤、四熱炒、四大菜，是最最講究的酒席了。所以我們鄉下人對人表示感謝的口頭話，就是：「我請你吃十二碟。」

因此我就眼巴巴地等著吃那一頓「十二碟」。

母親是最好客也最熱心的，總是樂意把大花廳借給大家請客，可以添點新春喜氣。長工也高興地把煤氣燈的玻璃罩擦得晶晶亮，呼呼呼地點燃了，掛在花廳正中，讓大家喝酒猜拳，那一份熱鬧氣氛不用說了。我呢？一定有分兒坐在會首身邊，得吃得喝，吃了拿，拿了再吃。最後還分得一條角上印紅花的手帕，包了糖果放在抽屜裡慢慢吃。慷慨的母親，還會捧出一瓶自己做的八寶酒，給大家助興。

母親是不上會的，但每年正月喝會酒時，她都會提出一個建議，就是每家（包括她自己）都要隨意樂捐米糧、衣物或金錢，接濟村子裡窮苦的人家，由會首送去，使人人皆大歡喜。因此我家春節的會酒，是村子裡遠近皆知的盛況。母親推己及人的善心，於此可見。

歲月不居，一晃眼，半個多世紀已匆匆流逝。每到農曆新年，故鄉的情景，母親的慈容，都會浮現眼前，也愈加使我體會得除舊迎新，努力前瞻的深長意義。

——原載民國七十六年立春日《中華日報》副刊

冬夏陽光

鄰居的一個孩子在上小學，每天黃色的校車來接他時，從沒看他先站在門口等車，總是讓全車的小朋友等他好幾分鐘，才遲遲地由母親幫他提著書包送上車。有一天，司機不悅地與他交涉了幾句，第二天總算等在門口，按時上車，漸漸地卻又故態復萌。這一家是韓國人，我真為我們東方人的不守時感到羞恥。真想問這位母親，為什麼不訓練孩子獨立地自己候車，不必步步護送。但是看他那副不理不睬的優越感神態，只好作罷。

「守時」是做人基本態度之一。自幼即當予以訓練，給孩子正確的觀念：浪費別人的時間是非常不應該的。

我在初一時，英文老師非常嚴厲。早上第一節就是英文，沒有一個同學敢遲到。

有一個大雪天，我穿著雨靴，蹣跚地走到學校，竟遲到了五分鐘。在課室門外站著不敢進去，直到老師講解到一個段落之後，她才走到課堂後面把邊門打開，讓我進去，卻只許坐在後排，不讓我走到第一排自己的位置就座。那一堂課，我含著眼淚，如坐針氈，度秒如年。

下課以後，老師把我叫到面前，溫和地對我說：「我無意懲罰你，也沒記下你這第一次的遲到。但我要你知道，一個人要懂得尊重別人的時間，要表現團體精神。我正在講課，你如從前門進來，一定會分散同學們的注意力，起碼你前後左右的同伴會受你騷擾。你知道嗎？一個人為你浪費半分鐘，全班二十四位同學就浪費了十二分鐘，這是不應該的。」

我眼淚汪汪地說是因為大雪天路不好走。她笑了一下說：「不要找理由原諒你自己，你看別的同學怎麼都到齊了呢？任何困難都是可以克服的，你要培養這份自信心和自尊心。」

她的訓諭如沉重的錘子，一記記敲打在我心頭。從此我沒有再遲到過，不論任何一節課。因為我牢牢記住，要尊重老師，尊重同學，珍惜我們的班級榮譽。我們班雖都是小小年紀，而勤勞、清潔、安靜，在全校是名列前茅的。我們的努力與自愛，實由於嚴厲的英文老師，與慈愛的級任導師剛柔並濟的輔導。

記得有一回，我悄悄地向級任導師訴說英文老師對我遲到的處罰時，她愛憐地撫著我的頭說：「如果那一次她讓你自由自在地進來，你就會有第二次、第三次的遲到，慢慢地，你就會賴床不起來了。人是有彈性的，年紀小小的，一定要把弦繃得緊緊地，才夠勁。」

我們都說她是冬天的太陽，而英文老師是夏天的太陽。我們在有時溫煦，有時熾熱的陽光下漸漸長大了。

——原載民國七十六年二月《婦友》

萬花筒

旅遊中，在賣紀念品店裡看到一個細細長長，銀光閃亮的管子，好奇地拿起來一看，原來是萬花筒。對著燈光邊轉邊看，五彩繽紛的花朵兒在那一端千變萬化，我有點愛不釋手，一看價錢竟是四元，太貴了，只好悻悻地放下。上車以後，總是想著那個萬花筒。與老伴說：「我怎麼會捨不得四元，不把它買回來呢？」他淡然一笑說：「買回來你就會把它丟在抽屜角落裡，永不再玩了。萬樣東西總是失去的比得到的好。你一見鍾情的玩意兒太多，買得齊全嗎？」

他總是那麼哲學家似的把我訓了一頓。我只好默無一語，靠在椅背上，晃晃悠悠地，想念我失去的萬花筒。

其實我知道自己想念的不是這支萬花筒，而是童年時代被家庭教師鎖在抽屜裡的那一支。

那是大我三歲的堂叔給我做的。他的手最巧，用三條玻璃合成三角形管子，再把彩色玻璃敲碎，裝在一端，鑲上玻璃片，外面包了馬糞紙，再包錫箔紙，用大拇指背刮得晶光閃亮，才教我把眼睛貼在小圓洞口，一手轉著看裡面的五彩花朵兒，我真是太驚奇、太高興了。把它捧在手裡，抱在胸前，走到東、走到西，一邊喊著：「哪個要看變戲法？一個銅板看一次。」長工伯伯們只對我咧咧嘴說：「只那麼個筒筒，變得出什麼戲法？」我生氣地走開了。

晚上臨睡前，我遞給母親看，她對著菜油燈看了半天，高興地說：「真好看哪。」我忽然抱著她說：「媽媽，我好想念哥哥，因為他的手更巧，也會做萬花筒，叔叔說的。」母親不作聲，眼淚卻幾乎掉下來了。因為哥哥被父親帶到遙遠的北平，而且有病不能回來。

我在書房裡跟老師讀書時，偷偷地取出萬花筒來玩，被老師生氣地拿走，鎖在抽屜裡，竟一直都不還給我。我傷心地對叔叔說：「我不想讀書，也不想玩萬花筒了，覺得做人好苦啊，一點都不自由。」叔叔對我說：「小老太婆，怎麼會這樣想法？你看萬花筒裡不過幾粒玻璃末，會變出這許多花朵兒來。你的手一轉，要它變就變，我覺得做人有意思得很呢。」

叔叔的那幾句話，我一直到長大後都記得。人生原是千變萬化，看是由不得自己作主，但萬花筒原是握在你自己手中啊！

旅遊車在另一站停下來，我不再記得那支失去的萬花筒了。因為迎面而來的，又是一番新景象。

人生原是多采多姿的萬花筒啊。

——原載民國七十七年三月六日《中華兒童》

字典的故事

抗戰期間，我在一處非常偏僻的山區避日寇。那兒有個鄉村中學，我時常散步去學校的小小圖書室借書看，因而與老師們都談得很投緣。

有一位教初三英文的老師鄭先生，性格爽朗，言語風趣。他是浙東人，一口的藍青官話，官話裡卻喜歡夾英文單字。居然是字正腔圓的英國音，還笑我的美國發音不夠「文化」。

在民國三十二、三年時代，說話裡夾英文字的時髦作風，還是很少的。我起先聽起來很不習慣，與他熟了以後，就問他是什麼大學畢業的。他得意地說：「英國牛津大學。」接著又哈哈大笑：「我的意思是，我苦學英文，完全靠一部早年父親從英國帶回的牛津字典，自修出來的。在山區教中學，只要程度夠，好好地教，暫時不計較學資歷的，所以我就自封為牛津大學文學士。」

他帶我到他的工作室裡，看他案頭那部翻爛了再用牛皮紙層層修補的牛津字典。他風趣地對我說：「我的財產只有三樣：就是這部字典、一個保暖四小時的舊熱水瓶，和一隻每天報時毫釐不差的大公雞。」正說著，他的大公雞就昂首闊步而至，在他腳背上啄了一下表示親熱。他拍拍牠的背說：「出去玩吧，別在屋裡拉屎，有客人喲！」大公雞聽懂了，走到我面前，歪著頭用烏雞眼盯著我看半天，煞是可愛。

鄭先生一本正經地對我講他如何苦學英文，無師自通的經過：逃難中，身邊一無所有，飢寒凍餒在所不計，可是這部字典，必定像寶貝似的捧在手裡，放在枕邊，形影不離。逃空襲警報時，袋子裡裝的是字典。躲在山洞口，耳朵裡聽敵機隆隆之聲，手中翻著字典，嘴裡喃喃地背生字，背解釋，背例句。一部字典，從頭到尾，一字不漏地挨著次序背。背著背著，就豁然貫通起來。漸漸地就能說、能造句、能作文。讀英文原著更不必說。他叫我隨便翻開一頁，點一個艱深的字問他，他竟如流水般地背解釋給我聽，聽得我都呆了。他那一股專注、堅定、鍥而不捨的精神，真正令人欽佩萬萬分。

那時後方出版物貧乏，工具書難求，而這位鄭先生卻就賴一部字典，把英文讀通了。可見做學問是聰明智慧一半，毅力一半。若只是好高鶩遠，貪多嚼不爛，而不能集中精力讀完一部書，看去雖有豐富常識，究竟是浮面的。

記得當年恩師曾勉勵我們說：「案頭書要少，心頭書要多，這是古人的誨諭。」意思是說，書一本本地用心讀了，消化了，吸收了，都儲藏在心頭，案頭書自然就不必堆得太多了。

今天已進步到電腦資訊時代，一切供研究的資料，都可輸入電腦，由它代勞，案頭書自然也不必多了。但我擔心的是，依賴了電腦，人腦是否會愈來愈懶惰？漸漸地電腦可以幫你吟詩作賦，電腦可以陪你下棋散步。到那時，莫說案頭不必有書，連心頭也不必有書了。

我不禁想念起那位背牛津字典的鄭先生，他如仍健在的話，是否要大歎自己當年背字典的枉費功夫呢？

——原載民國七十六年十月二十二日《中央日報》國際版

幼兒看戲

有一次看平劇，臺上演的是蘆花蕩，周瑜與趙雲正殺得難解難分。聽後排一個小男孩問他爸爸：「這兩個那個是好人，那個是壞人呀？」做爸爸的回答：「兩個都是好人呀！」小孩又問：「兩個好人為什麼要打架呢？」爸爸說：「好人跟好人有時也會打架的，你不是有時也常常跟哥哥打架嗎？」孩子不作聲了。過了一下又說：「爸爸，我不要跟哥哥打架了，我是好人，哥哥也是好人嘛。」

我聽得樂不可支。過一陣，周瑜又與黃忠打起來。小孩又問了：「爸爸，那個穿黃衣服的年輕人，鬍子為什麼這麼白呀？」爸爸說：「那是假鬍子，他要扮老人呀！」小孩說：「不要扮老人嘛，難看死了。」

我忍不住笑出聲來，回頭朝他看。他正用一條白圍巾蒙住自己的下半邊臉，模仿臺上黃忠的白鬍子，發現我在看他，不好意思地放下圍巾，噘起小嘴說：「我不要白鬍子，我不要當老人。」他的一派天真可愛使我再也無心看臺上的戲了。我也不禁想起自己幼年時，坐在外公的懷裡看戲的情景。我最喜歡看諸葛亮與關公，他們一出來，我就合掌拜拜。關公的馬童一翻觔斗，我就拍手。我不喜歡周倉、張飛，因為他們的臉太大太黑了。

外公邊看邊講笑話，他說關公在臺上把桌子一拍，喊一聲：「周倉在那裡？」周倉正在臺下摘下鬍子吃餛飩，聽關公喊他，連忙上臺，卻忘了戴鬍子。關公一看他下巴光溜溜的，又把桌子一拍說：「叫你爸爸來。」周倉一摸下巴，連忙下去把鬍子戴了再上來，喊一聲「周倉來也。」

外公說完了，邊上的人都哈哈大笑，我好高興外公出了鋒頭。

最高興的是第二天，戲班子全體到我家來遊花園。我看出好幾個人臉上的油彩都沒洗乾淨，就問哪個是關公。那個演關公的就指著自己的鼻子尖說：「是我、是我。」我說：「你是忠臣，我最討厭曹操，他是奸臣。」那個演曹操的大笑說：「我是演奸臣的，你看我是好人還是壞人？」我看他一臉和氣，搖搖頭說：「我不知道。」他說：「我也是好人呀。」我說：「你不要演壞人嘛！」他說：「都要演好人，壞人誰演呢？」我有點迷惘了。外公說：「臺上的壞人好人你分得清，臺下的好人壞人，就分不清囉。」我越發的糊塗了。

七、八歲的童子，怎麼懂得外公話裡的意思。那時的我，不就跟現在後排那個孩子一樣天真嗎？

——原載民國七十七年一月三十一日《中華日報》副刊

電影與我

我原是個愛看電影的人，也曾寫過好幾篇看電影的回憶文。寫我對少年歲月的留戀，對許多名片中深長涵義給我的感觸與領悟。

如今說起看電影，卻歎息那些絢燦的時日，已離我遠去。在臺北的後來十年，我就從不去電影街擠。來美以後，除了在電視上偶然重溫舊片外，從沒進過電影院。真有點「情懷老去」的感慨。

倒是想起小時候，有一次去看日本大地震的電影，那情景留下深刻印象。那時我才六、七歲，從不看電影的母親，難得由父親陪伴帶了哥哥和我一起去看。母親後來告訴我，那是唯一的一次「全家福」看電影。儘管電影內容驚心動魄，但在母親心頭的回憶，一直是非常溫馨的，因為我曾聽母親多次提起那次的情景。

我呢？只記得銀幕上無數的人影在晃動，剎那間，地裂開來，房屋倒塌下來，我嚇得往母親懷裡鑽，連聲說：「媽媽，我好怕，回去吧，這一點也沒勞萊哈臺好看。」可是哥哥看得好有興趣，大聲說：「怕什麼嘛，是電影呀！」我不免又用雙手蒙住臉，從手指縫裡偷看。正看見一個小孩坐在一堆亂木上，一個大人遞給他一樣東西，大概是米飯糰吧，他正要吃，地又震動起來，小孩跌倒了，米飯也滾落了，我又嚇得哭起來。

母親連聲念阿彌陀佛，回到家還一直在念。她對父親說：「聽你講中日戰爭，日本人好壞，天應該罰他們。現在看他們的老百姓在地震時死了那麼多，心裡卻好難過。」

我不大懂，大我三歲的哥哥就一本正經地說：「媽媽，地震是天災，不是天罰。那麼小的孩子，怎麼會壞？壞的是那些殺人的軍官呀。」

父親摸摸他的頭，露出讚許的神情。

又有一次，教我們讀書的先生帶我們去看「鐵達尼郵船遇險記」，這課書我們已讀過，看起來特別有意思。看到被救到小船上的老弱婦孺流著眼淚，遠遠望著大船站在甲板上的人，逐漸隨船沉沒下去，我們眼淚也流下來了。哥哥仰頭問老師：「先生，那些守在大船上的人，就是你所說的捨生取義吧！」

老師連連向他點頭。

我們看的電影很少，但每回看完一部電影，都會回味好久，好像從那裡面領會很多似的。這也是就是我們童年時代，僅有的一點電影教育吧！

哥哥天資聰穎過人，小小年紀，就能分析事理，明辨是非，可惜只活了十三年就離我而去了。我們兄妹歡樂相聚的日子非常短暫。所以這兩次的同看電影，也使我永難忘懷。

——原載民國七十七年二月《幼獅少年》

傘之戀

我有好幾把小摺傘，朋友送的，自己買的，我都一一珍藏。因為我對傘有一份偏愛。愛它玲瓏小巧，愛它撐開來時籠罩著夢境似的那份美。

撐著傘，在雨地裡漫步，聽傘背上的滴答之聲，把世上一切的煩囂嘈雜一起洗滌，浮起的是一片清明潔淨。記得有一位詩人把傘比作整個宇宙，是一點不錯的。

最記得小時候，下雨天晚上去看廟戲，外公一手打著大大的桐油傘，一手提著紅燈籠，叫我牽著他的青布大圍裙，一步步踩著石子路往前走，那一份歡樂與溫暖，至今仍縈繞心頭。

旅居中很少在雨天外出，即使外出也都是搭老伴的車，所以很少用傘的機會。因此我常常選擇下雨天撐起傘在附近散步，不是附庸風雅的聽雨，只是為了懷念童年，和享受傘對我覆蓋照顧的溫馨。

在室內，我也常把所有的傘都打開來，對著陽光或燈光照照，擺在地上看看，想像它們像湖上綻開的蓮花。在臺北時，最喜歡看下雨天一群群上學的小朋友撐著各種彩色的傘，在雨地裡移動著的情景，總覺得那裡面有一個小孩就是我自己。

大前年回國時，有一個雨天在路邊攤匆匆買了把小黑傘，非常輕便實用。我雨天散步時總是用它，沒想到其中一根傘骨因生鏽折斷了，老伴認為不能修理把它扔進垃圾筒，我連忙撿回來，要帶回國修好。我真想能找到多年前在故居牆角邊那位修傘的老人。那一次是因為傘頂掉了，有一處脫了線。他為我仔細縫好，配上傘頂，工作大半天，只收我一塊臺幣。還告訴我說：「我為你在傘頂上塗了膠水，這樣就不容易掉，免得你再配時花錢。」我問他：「您這樣做豈不是生意更少了？」他笑笑說：「我是要把客人的傘修理得能長久使用，不是拿這騙錢的。」好了不起的老人，我永遠記得他這句話，並曾寫過一篇小文紀念他。

說起傘頂，我倒是想起當年母親給我講的一個故事：

有一個年輕婦人和丈夫吵架，一時想不開，竟要去尋短見，走到河邊，卻看見她的公公，手裡捏著一把傘，在橋上來回地走，好像在找什麼東西。她奇怪地問：「公公，您在找什麼呀？」公公回答說：「我的傘頂掉了。」媳婦說：「傘頂那麼小，怎麼找得到呢？」公公說：「我一定要把它找到，因為一把傘，沒有了傘頂，就會散掉。這就好比一個家，沒有一個家主婆，這個家就會散掉。」媳婦問：「公公，您說一個家究竟是男人重要，還是家主婆重要？」公公說：「兩個都一樣重要，男人是傘柄，支持著傘。女人是傘頂，如果沒有傘頂，傘怎麼撐得起來呢？」媳婦立刻覺悟自己在家庭裡的重要性，和丈夫應當同心一力的相依，就馬上打消投河的念頭，跟著公公一起回家了。

母親講完故事，輕輕歎一口氣說：「再怎麼說，傘頂和傘柄，總要彼此相關聯啊！」

母親的話，我長大成家後才深深體味到了。

我又想起在中學時，寫過一篇作文，題目是〈父親的傘〉，雖然事隔數十年，而內容仍依稀記得。我寫一個倔強的女孩，陰天外出時不聽父親的話，沒有帶傘。走到中途，就下起大雨來，正在十分狼狽之時，卻見父親急急趕來，一把大傘，將她遮住。她仰臉望父親半邊肩頭全被雨淋濕了，她偎依在父親胸前，淚珠滾滾而下。這篇「文章」，被國文老師圈圈點點，批語是「感情十分真摯」，還被公佈在壁報上呢。感情真摯的原因，是我頭天晚上因古文背不出來，受了父親嚴厲的斥責。次晨我負氣餓肚子冒著微雨上學，到學校時，衣服和頭髮都濕了。我抹著雨水和眼淚，在自修課時寫了這篇〈父親的傘〉。

我也記得那時英文課裡，讀奧爾珂德的《好妻子》，當二姊喬孤寂地踽踽獨行在雨中時，猛抬頭卻見一把大傘伸過來把她遮住，那就是她所默默敬仰的教授來接她了。

少女情懷，讀這一段時感到回味無窮。

傘，確實給人大樹底下好遮蔭的安全感，也撩人種種溫馨的想像，因此我對它有一份特別深厚的情意。

有一回，我和老伴兒同撐一把大黑傘，在雨中散步，我不由絮絮叨叨地跟他念這些舊事。他呢，似聽非聽，卻連聲說很有意思，他取笑地說最有意思的還是我們遊義大利時，一下子走失散了。若不是我情急智生，撐著那把海水藍的傘，在大太陽裡焦急的等待，讓他一眼望見，也許我已迷失在威尼斯回不來了。

對了，海水藍的傘，是我最愛的一把，出遠門時總捨不得帶它，生怕遺失。只有在附近散步時才偶然用它，享受一下蔚藍夢境之美。

——原載民國七十七年四月十四日《世界日報》

和媽媽同生肖

我自幼怕冷，冬天裡腳手冰涼。阿榮伯說因為我是屬蛇的。我想：「媽媽也屬蛇，為什麼她的手是暖烘烘的呢？」阿榮伯說：「因為你媽媽整天忙碌，腳手就暖了。媽媽是勤快蛇，你是懶惰蛇哪。」我咯咯地笑了。

有一個深秋夜晚，我躺在床上看故事書，忽聽牆腳嘶嘶之聲，原來是一條灰白大蛇向我們爬來。我嚇得發抖，媽媽不慌不忙，拿起衣櫥邊的陽傘，把傘柄伸過去，嘴裡念著：「出去吧，出去吧。」媽媽似有降龍伏虎之功，陽傘變成魔傘，在蛇竟乖乖地把頭纏在傘鉤之上，慢慢游出房門去了。媽媽立刻爬上床，緊緊抱住我，原來她也在發抖呢。我問媽媽蛇為什麼要來呢？媽媽想了一下，笑起來說：「因為我倆都屬蛇，牠來看看我們呀。」我摟得媽媽更緊些，覺得我們母女好親，媽媽好勇敢啊！

有人說蛇出現，家宅不寧。媽媽說：「沒有的事，只要心懷慈悲，不殺害生靈，凡事逢凶化吉。」聽媽媽這麼說，我也不再怕蛇了。

——原載民國七十八年元月《幼獅少年》

媽媽的小腳

母親在少女時代，最最遺憾的就是沒有一雙秀氣的三寸金蓮。因為她是長女，要帶著弟弟幫雙親在田間工作。纏腳稍晚，就收不小了。自從她十六歲訂婚以後，新郎在外地求學，遲遲不歸。她默默地擔著心事，左等右等，等到十九歲才成婚。她心裡想，新郎一定是嫌她的腳不夠秀氣的。

沒想到母親結婚以後，父親第一件事就是先勸她解掉十多尺長的裹腳紗，把小腳放大。免得走路搖搖晃晃，一副吃力的樣子。可惜母親雖然把裹腳紗解開了，腳卻再也放不大。因為腳趾骨已折斷，不能恢復原狀。就算套上鬆鬆的尖頭襪子，走起路來仍舊搖搖晃晃，弱不禁風的樣子。

其實母親並不是真的弱不禁風。她整天、整年的忙進忙出，侍奉公婆和丈夫，安排長工們田間的工作，照顧他們的飲食。每天上午十時、下午四時的接力（點心），總是別出心裁的有變化。連頑皮搗蛋的哥哥和剛會走路的我，都吃得肚子鼓鼓的像蜜蜂，飛來飛去擾著她。她一雙變形的小腳，負荷起一家的重擔，從沒喊過一聲疼。

我逐漸長大以後，時常幫她提著一木桶飼料，跟在她後面，學著她搖搖晃的姿態，去豬欄邊餵豬。也時常看她忙完一天的家務，在硬繃繃的長凳上坐下來，揉著腳後跟輕聲地說：「好疼啊！」我也在高門檻上坐下來，學著她揉著腳後跟說：「好疼啊！」她輕輕拍了下我的肩膀，笑咪咪地說：「你若是知道疼就好了。」

過了幾年，父親從北平下任歸來，帶回一位「如花美眷」，她是旗人，有一雙長長的天足。一進門，母親用吃驚的眼神，把她從頭看到腳。一聲不響地回到自己房間裡，對著鏡子照了半天，歎息了一聲，悵惘地對我說：「原來你爸爸是喜歡大腳的。我當初不纏腳就好了。」

——民國七十八年五月十日母親節前夕於臺北

粽子裡的鄉愁

異鄉客地，愈是沒有年節的氣氛，愈是懷念舊時代的年節情景。

端陽是個大節，也是母親大忙特忙、大顯身手的好時光。想起她靈活的雙手，裹著四角玲瓏的粽子，就好像馬上聞到那股子粽香了。

母親包的粽子，種類很多。蓮子紅棗粽只包少許幾個，是專為供佛的素粽。葷的豆沙粽、豬肉粽、火腿粽可以供祖先，供過以後稱之謂「子孫粽」。吃了將會保佑後代兒孫綿延。包得最多的是紅豆粽、白米粽和灰湯粽。一家人享受以外，還要布施乞丐。母親總是為乞丐大量的準備一些，美其名曰「富貴粽」。

我最最喜歡吃的是灰湯粽。那是用早稻草燒成灰，鋪在白布上，拿開水一沖，滴下的熱湯呈深褐色，內含大量的鹼。把包好的白米粽浸泡灰湯中一段時間（大約一夜晚吧），提出來煮熟，就是淺咖啡色帶鹼味的灰湯粽。那股子特別的清香，是其他粽子所不及的。我一口氣可以吃兩個，因為灰湯粽不但不礙胃，反而有幫助消化之功。過節時若吃得過飽，母親就用灰湯粽焙成灰，叫我用開水送服，胃就舒服了。完全是自然食物的自然治療法。母親常說我是從灰湯粽裡長大的。幾十年來，一想起灰湯粽的香味，就神往童年與故鄉的快樂時光。但在今天到哪裡去找早稻草燒出灰來沖灰湯呢？

端午節那天，乞丐一早就來討粽子。真個是門庭若市。我幫著長工阿榮提著富貴粽，一個個地分。忙得不亦樂乎。乞丐常高聲地喊：「太太，高升點（意謂多給點）。明裡去了暗裡來，積福積德，保佑你大富大貴啊！」母親總是從廚房裡出來，連聲說：「大家有福，大家有福。」

乞丐去後，我問母親：「他們討飯吃，有什麼福呢？」母親正色道：「不要這樣講。誰能保證一生一世享福？誰又能保證下一世有福還是沒福。福是要靠自己修的。時時刻刻要存好心，要惜福最要緊。他們做乞丐的，並不是一個個都是好吃懶做的，有的是一時做錯了事，敗了家業。有的是上一代沒積福，害了他們。你看那些孩子，跟著爹娘日曬夜露的討飯，他們做錯了什麼，有什麼罪過呢？」

母親的話，在我心頭重重地敲了一下。因而每回看到乞丐們背上揹的嬰兒，小腦袋晃來晃去，在太陽裡曬著，雨裡淋著，心裡就有說不出的難過。當我把粽子遞給小乞丐時，他們伸出黑漆漆的雙手接過去，嘴裡說著：「謝謝你啊！」眼睛睜得大大的，看我一身的新衣服。他們有許多都和我差不多年紀，差不多高矮。我就會想，他們為什麼當乞丐，我為什麼住這樣大房子，有好東西吃，有書讀？想想媽媽說的，誰能保證一生一世享福，心裡就害怕起來。

有一回，一個小女孩悄聲對我說：「再給我一個粽子吧。我阿婆有病走不動，我帶回去給她吃。」我連忙給她一個大大的灰湯粽。她又說：「灰湯粽是咬食的（幫助消化），我們沒有什麼肉吃呀。」我聽了很難過，就去廚房裡拿一個肉粽給她，她沒有等我，已經走得很遠了。我追上去把粽子給她。我說：「你有阿婆，我沒有阿婆了。」她看了我半晌說：「我也沒有阿婆，是我後娘叫我這麼說的。」我吃驚地問：「你後娘？」她說：「是啊！她常常打我，用手指甲掐我，你看我手上腳上都有紫印。」

聽了她的話，我眼淚馬上流出來了，我再也不嫌她髒，拉著她的手說：「你不要討飯了，我求媽媽收留你，你幫我們做事，我們一同玩，我教你認字。」她靜靜地看著我，搖搖頭說：「我沒這個福分。」

她甩開我的手，很快地跑了。

我回來呆呆地想了好久，告訴母親，母親也呆呆地想了好久。歎口氣說：「我也不知道要怎樣做才周全，世上苦命的人太多了。」

日月飛逝，那個討粽子的小女孩，她一臉悲苦的神情，她一雙吃驚的眼睛，和她堅決地快跑而逝的背影，時常浮現我心頭，她小小年紀，是真的認命，還是更喜歡過乞討的流浪生活。如果她仍在人間的話，也已是年逾七旬的老嫗了。人世茫茫，她究竟活得怎樣，活在那裡呢？

每年的端午節來臨時，我很少吃粽子，更無從吃到清香的灰湯粽。母親細嫩的手藝，和瑣瑣屑屑的事，都只能在不盡的懷念中追尋了。

——民國七十八年五月十五日端陽前一月於臺北

敏感的童心

童子的心靈，是最最稚嫩也最敏感的，像早春的蘭花，必須培養在暖室中。雙親的愛，對孩子如陽光雨露的滋潤，使他能正常發育孳長。但如果天氣陰晴不定，冷暖無常，花葉就會枯萎，也就是說，孩子稚嫩的心便將受到傷害了。

父母對子女們的愛心必須公平，寵愛或忽略都會產生不良後果。使他們變得不是驕縱、怪僻，就是孤獨、膽怯。對獨子獨女的過分寵愛，尤其易形成唯我獨尊的性格。

我有一位朋友，她有兩個男孩，卻寵愛老大，嫌老二不是女兒，使她不能享「一男一女是朵花」之福。由於她的偏心，造成大兒子的驕縱，小兒子的自卑。有一次兄弟倆在我家玩，弟弟拿起小相機來玩，笑得正開心，冷不防哥哥忽然給他一記耳光，喝令他放下，他驚呆了。我連忙過去撫慰他，勸導做哥哥的要愛護弟弟。哥哥卻大聲地說：「他好討厭，媽媽說的。」弟弟咬著嘴唇，忍著不哭出聲來，淚水一滴滴掉下來，我也禁不住淚水盈眶。他小小的心靈，受到多大的創傷啊！

又有一天，他悄悄地附在我耳邊說：「阿姨，哥哥的爸爸給了我半塊蛋糕吃。」可憐又可愛的小人兒，他竟把自己親生的爸爸當做是屬於哥哥一個人的，偶然給他半塊蛋糕，他就受寵若驚。

我也想起另一位好友，她幼失怙恃，由叔父母撫養成人，嬸母對她愛如己出，但叔叔娶了二嬸，二嬸對她就頤指氣使了。二嬸要她照顧小妹妹，小妹妹打翻了墨水，染汙了她的作文簿和制服，她生氣地忍不住打了小妹妹幾下，二嬸就嚴詞厲色地責罵她，諷刺的語言深深戳傷了她的心，她感傷自己不是叔嬸的親生女兒，大嬸雖慈愛而軟弱，呵護不了她。

她內心深處的酸楚與傷痛，就如同衣服上永遠褪不去的墨水漬。直到她長大以後，想想誰都沒有錯，既不能怪二嬸的責罵，也不能怪大嬸的不再加呵護。只恨她雙親早逝。這就是人生，人生的無可奈何。

我又想起另一位好友的孩子，在他幼年時，對他母親的情緒變化非常敏感。他母親因工作繁忙，偶爾心情不好時，他就會仰起頭來關心地問：「媽媽你頭頭痛痛呀，我給你抹萬金油好不好？」他母親看他那麼可愛，馬上抱起他來，笑逐顏開。他又捧著她的臉問：「媽媽你不生病啦？」又有一次，他母親因事心煩，他卻要媽媽看他搭的積木，她厭煩地說：「別纏我，自己玩兒去吧！」一不小心，碰倒了他的得意傑作，他大哭起來，做母親的也慌了手腳，後悔不該忽略他，大大地傷了他的心。

陳年舊事，點滴都在她心頭，如今她兒子都將四十歲了，他們母子相見機會很少，即使見了面，也是相對無言。兒子總好像不願和母親談話，母親也總覺得對兒子有一份難言的歉疚。母子之間似乎相距好遠好遠。母親不知兒子心中在想什麼，是他不願和她說話嗎？是她在兒子幼年時傷了他敏感的心嗎？還是他根本不重視這份母子之情呢？

她只好在心中默默為他祝福，願他身體健康，前途順利。她也默默對自己說：「不要追悔了，時光無法倒流，人生原就是那麼的無可奈何啊！」

萬水千山師友情

我手中捏著一把長不及五寸的短劍，但只要向前輕輕一揮，就刷刷刷地伸長為三尺，亮晃晃的，真像是一把龍泉青霜劍呢。設計得如此精巧，是為了出門攜帶方便，它不是防身武器，而是一支供把玩也供鍛鍊身體的「寶劍」。

在我心目中，它確實是一把「寶劍」，因為它是我闊別了整整半個世紀的老友王思曾所贈。

對著閃亮的寶劍，我的思緒穿越了五十年的時光隧道，回到了故鄉永嘉縣。那時我在永嘉縣立中學任高一國文老師，王思曾則是高二學生。兩間教室緊靠著。下課後，王思曾常與高二好幾位同學來與我談文論藝。

高二的國文是夏瞿禪老師教的。那時是抗戰初期，瞿禪師因杭州之江大學解散，回到故鄉，也被縣中校長聘來教國文。江南第一大詞人教中學國文，自是大材小用，但卻是縣中的無上光榮。我本來就是瞿禪師的學生，由於師母的關愛，特囑我從簡陋的學校宿舍搬出，住到瞿禪師寓所的樓下廂房。因此每天上課，我們師生常是一同步行到學校。遇有大疊作文簿時，王思曾必然是弟子服其勞，代為捧來捧去亦步亦趨的祖孫三代師生情，一時傳為美談。

謝鄰弦歌

瞿禪師的寓所坐落在典雅幽靜的謝池巷。那是由於曾任永嘉太守的謝靈運夢中得句「池塘生春草」而命名。所以瞿禪師在住宅大門橫額上題了「謝鄰」二字，格外引人嚮往。

最難得的是樓下正屋還住著瞿禪師好友吳天伍先生和他的妹妹吳聞女士。天伍先生是樂清聞名的大詩人，妹妹吳聞也是博古通今的才女。天伍先生才高灑脫，興來時常於走廊裏散步，高聲朗吟自己的得意之作，我也隨著學唱他的樂清調。王思曾也是樂清人，我們幾個人一同唱起來，自是格外悅耳。夏師母聽得高興起來，就親自下廚為我們炒兩大盤香噴噴的肉絲米粉。瞿禪師邊吃邊讚美，學著新文藝腔，低聲對師母說：「好妻子，謝謝你。」然後打開話匣子，就有說不完的掌故，唱不完的詩篇。

謝池弦歌之聲，遐邇俱聞

不久浙江大學在龍泉復校，瞿禪師應聘去了龍泉，他的高二國文就由我接教。班上的王思曾和好幾位愛好文學的同學，都同我非常接近。他們覺得在課堂裏讀有限的幾首古典詩，不夠盡興，乃於星期假日揹了黑板到「謝鄰」來，大家在光潔的地板上盤膝而坐，由我選出自己最喜愛最有心得的詩詞，為他們講解賞析。也學著瞿禪師的音調帶大家朗吟。同學們都認為我唱得鏗鏘有致，頗得瞿禪師真傳。我也因師生情誼之深厚而樂以忘憂。

那時演話劇之風很盛，我是國文老師兼課外活動指導，對話劇很有興趣，就為同學們編寫了一個獨幕劇，由王思曾和幾位男女同學分任角色，在校慶日演出。一舉引發同學的興趣，乃請得校長同意，決定演出曹禺的「雷雨」，特請當時名導演董心銘先生執導。與省立溫州中學來個比賽，溫中演的是「日出」，那是轟動一時的盛舉。記得王思曾是自治會學術股長，請我擔任同學講國語的指導。在當時剛剛開始文明開放的城市裏，我那「字不正、腔不圓」的「藍青官話」，居然還可以指導別人捲起舌頭講「北京話」，自覺得意非凡，真正過了一陣「助理導演的癮」呢！

無常的聚散

抗戰勝利復員回到杭州，我因照顧家庭，暫在浙江高等法院任職，同時在母校弘道女中兼課。此時王思曾已高中畢業來到杭州計畫投考北京大學。因一時宿舍尚無著落，我就介紹他到高院任臨時辦事員，協助我整理法院與我家中戰後散亂的圖書。我們師生重逢，又能在一個機關工作，自是非常欣慰。

思曾將凌亂的書籍雜誌等，細心整理、分類編目列出表冊，依次陳列在書櫥中，使同仁們借書閱讀時一目了然，他工作之有條不紊，儼然是一個有經驗的圖書管理員。上司對他的讚賞，我自然也與有榮焉。

那一段日子，我們都讀了不少文學以外的書籍，獲益至多。後來思曾考取了北京大學，我也因調職去了蘇州。一年後局勢急轉，我就匆匆到了台灣，師生就此失去聯絡，斷了音訊，這一斷就是悠悠半個世紀。

天外來書

前年，當一封署名沙里、註明王思曾的信，輾轉到達我手中時，我不由得一陣迷糊恍惚。急急拆開來，果然是那熟悉的字體，和一幀熟悉的照片。沙里，他就是王思曾，我當年的得意門生。

幾十年的音書阻絕，而他學生時代的笑語神情，他的誠懇與幹練，我們在永嘉縣中時代師生相處的歡樂情景，一時都湧現眼前。他信中告訴我他是從北京回到故鄉，在剛從美國探親回去的永嘉中學校長處看到我的作品，意外驚喜之下，立刻給我來信。闊別將近五十年，我們又聯繫上了，這一份歡慰，自是難以言喻的。

嗣後他給我陸續寄來多篇文章，寫他回憶在杭州念初中時正值「八一四」中日空戰的壯烈情形，寫他重訪富春江參觀郁達夫故居與紀念館的深沉感想，由於他負責文化宣揚工作，足跡幾遍全國，因此也寫了許多塞外風光。他文筆洗練，內容充實而風趣，闊別四十餘年，讀其文如見其人。難得的是他對當年我們的師生情誼，仍念念在心。尤使我感動的是他的一篇〈泛舟記〉，是讀我的《詞人之舟》一書所引發的感想。他寫道：「詞的本色是婉約、蘊藉與纏綿，常是情景交融。寫景處是寫情，寫情處亦是寫景。講解的是古人作品，也自然溶入講解者的情思……」足見他對古典詩詞體會之深。他文中說：「四十多年後的今天，我所能憶起的是青年時代的老師。」他又憶起了在中學時代，他和幾位愛好文學的同學，還時常到謝池巷夏瞿禪老師的住宅「謝鄰」一同聽瞿禪師講學論詞。並引了瞿禪師特為我作的一首〈減字木蘭花〉中句：「池草飛霞，夢路應同繞永嘉。」無限的離情別緒，凝聚在他的筆端，令人深深感動。悲悼的是瞿禪師作古已忽忽三年，我前年回大陸，因行程匆促，竟不及到杭州千島湖他的墓園叩頭憑弔。

重逢的欣慰

談起我前年的回大陸，完全是由於思曾的誠意相邀所促成。他的工作單位是一個文化機構，他總希望在他退休前能為我盡一點心意，使我在垂老還鄉之日，能多少享受點旅遊參觀的方便。我感念他的相邀之誠，就答應與老伴趁體力尚健時一同回去，能與闊別如隔世的長輩、親友們見面，又得以祭拜先人廬墓，也算了卻一生心願。

從行期確定之日起，我就寢食無心，直到登上去北京的飛機，整整二十多小時的行程中，我未能合眼休息。並不是近鄉情怯，而是由於一種夢幻成真的恍惚和惶惶不安。即將見面的親友們，一位位的面容都浮現眼前。世事的風雲變幻，都不能影響我們永恆的情誼。人生年壽有限，以我們滄桑歷盡，撥雲見日的今天，得以飛越關山，享受重逢的歡樂，真不能不感謝上蒼待我們之厚。

在北京機場出口處，第一眼看到的是我尚未見過面卻通過無數次信的乾女謝糾糾。她是我大學同學的愛女，她的美麗端莊，和照片裏一模一樣。站在她後面的就是王思曾。依舊是他學生時代那一臉誠懇憨厚的神情。在貴賓接待室裏，我們「語無倫次」地說著話，感到的是時光倒流的恍惚。

在北京兩週的參觀旅遊節目，都由思曾細心策劃安排，由他的助理齊儀小姐陪同招待。她文靜和藹，辦事負責周到，她的平易、親切尤使我感到輕鬆自在。更有乾女謝糾糾的噓寒問暖，與齊小姐一同照顧我們的飲食起居。冰箱裏的水果飲料與各種點心，取之不盡，自思幾十年來的勞碌命，還真沒享受過這樣現成豐厚的清福呢。

我們暢遊了名勝古蹟，當我在九龍壁前攝影時，忽然想起了逝世六十五年的大哥，他那時十二歲，由父親帶著住在北京，曾在九龍壁前拍過照。他每次寫信都盼我到北京和他相見，但以種種原因不能實現願望。那時候我才七歲，怎麼想得到，來北京的夢，直到七十多歲以後才能實現呢。我俯仰低迴在九龍壁前，想起大哥照片裏的童年天真神態，人生奄忽，天地悠悠，我內心的悵觸哀傷，並非自悲老大或感慨歲月不多，而是悵恨父親當年為什麼不讓母親和我到北京見大哥最後一面呢！但無論如何，我現在總算已到了北京，在大哥腳步走過的地方，低聲喊著他，感覺他就在我的身邊和我說話，我應該心安了。

此行最欣慰的是會到了夢寐中想見的朋友們。林翹翹、王來棣是當年永嘉中學的學生。她們都親切地喊著潘老師，活潑健談一似當年，卻都和思曾一樣，已是祖字輩的人了。這一點，我這個老朽只好自嘆不如了。還有一位趙樹玉，是我執教杭州弘道女中的學生，當年聰穎的少女，如今是人民大學的俄文教授。她不時為我送來衣服與食物，生怕我不能適應氣候的變化。糾糾的尊翁謝孝苹是一位詩人、古琴家，又寫得一手好書法。我與他雖是同門，卻是望塵莫及。他多次為我彈奏古琴，他三歲的小外孫女舉起小胖手，踮起腳尖跳舞唱歌，使我越發的樂不可支。

另一個意外的驚喜是糾糾的同事陳萃芳，是我之江大學的學長。她是當年的校花，以演抗日名劇「一片愛國心」的女主角紅遍杭城。我們一握手之間，都立刻回到了少年時：之江大學情人橋的曲徑通幽，錢塘江的朝暾夕暉，曾留下我們多少旖旎風光和記憶。萃芳姊特別安排了之江大學的各位學長與我共餐歡聚，殷殷相約後會之期。

濃郁的師友之情，使我永銘肺腑。尤不能不深深感謝思曾的誠意邀約。由於他的再三催促，我們才沒有錯過這寶貴的重逢機會。

後會有期

歡聚半月後，我們不得不依依握別。思曾贈我以宣紙正楷書寫的白話長詩一首，我迴環默誦，禁不住淚水盈眶。

老同學謝孝苹聽我們講起在大霧迷濛中，夜過三峽，崔巍奇景一無所見的遺憾，他乃揮毫代賦一絕云：「灩澦如牛角觸忙，猿啼巫峽怨聲長。有景朦朧道不得，輕舟載夢過瞿塘。」

載夢原是美事，可是載的是沉重的夢，連輕舟也變得沉重起來。但願師友無恙，重逢有日，再不必追尋恍惚的夢境了。

最使我高興的是有一天與乾女糾糾通電話，她說她會轉告沙里伯伯我們對他的掛念，希望不久又可相聚。四歲的乾孫女在千山萬水之外的那頭，嬌聲地喊：「乾老爺，乾姥姥，你們快來嘛，我要給你們吃糖球。」

多麼甜美的糖球！我們怎能不再回去呢？

——原載民國八十一年十二月十一日《世界日報》副刊

夢中的餅乾屋

美國食品店裏的餅乾，種類繁多，卻沒一種是對我胃口的。每回吞嚥著怪味餅乾時，就會想起童年時代母親做的香脆麥餅，母親稱之為土餅乾。

我那時隨母親住在鄉間，母親做的土餅乾，就是我的最愛。有一次，父親從北京託人帶回一罐馬占山餅乾，母親笑咪咪地捧在胸前，看了又看，摸了又摸，捨不得打開，我急得要命，央求說：「媽媽，快打開供佛呀，供了佛就給我吃，菩薩保佑我身體健康，讀書聰明呀。」母親才又笑咪咪地打開來，小心翼翼地抽出兩片放在小木盤裏供佛，我就在佛堂裏繞來繞去，等吃餅乾。母親只許我一天吃兩片，我卻偷偷再吃一片，用手指掰開來，一粒粒放在嘴裏慢慢地品嚐，也分一點點給我的好朋友小黃狗和咯咯雞吃。覺得馬占山餅乾並沒什麼特別味道，只不過是北京寄來，稀奇點就是了。我要母親寄點麥餅給哥哥吃，母親說路太遠，寄去會霉掉。那時如果有限時專送該多好呢？

哥哥從北京寫信來告訴我，他一天到晚吃餅乾，吃得舌頭都起泡了。因為二媽天天出去打牌，三餐都不定時，他肚子常常餓得咕咕叫，只好吃餅乾。我看了信心裡好難過，卻不敢告訴母親，怕她擔憂。哥哥說餅乾吃得實在太厭了，就拿它當積木玩，搭一幢小房子，叫做餅乾屋，給螞蟻住。

我好羨慕哥哥，情願自己變成螞蟻，住在哥哥搭的餅乾屋裡，就一年到頭有吃不完的新鮮餅乾了。

有一天，我做夢真的住進餅乾屋，瓦片、牆壁、桌椅板凳，全是又香又脆的奶油巧克力餅乾。我就拚命地吃，覺得比馬占山餅乾好吃多了。可是吃到後來，房子塌下來了，滿身堆著餅乾，我再拚命地吃，吃得肚子好撐，嘴巴好乾，就醒過來了。原來枕頭邊還剩著沒吃完的半塊土餅乾——母親做的麥餅，餅乾屋卻不見了。

我仔細回想夢中情景，趕緊寫信告訴哥哥。哥哥回信說他生病了，什麼東西都吃不下，連餅乾都不想吃了。母親和我好擔憂，哥哥究竟生的什麼病呢？也許只是因為想念媽媽和我，吃不下東西吧。我又趕緊寫信給哥哥，勸他不要憂愁，好好聽醫生的話吃藥，也寫信求父親帶哥哥回來，有媽媽的愛，哥哥的病一定馬上會好的。可是父親的信三言兩語，一點也沒寫清楚哥哥究竟生的是什麼病，也沒提半句要帶哥哥回來的話，母親和我又憂焦又失望。那些日子，我好像一下子長大了，長得和母親一樣的年紀。我們母女天天跪在佛堂裏，求菩薩保佑哥哥的病快快好。我們一邊默禱，一邊流淚，感到我們母女是那麼的無助、無依。

哥哥的病一直沒好起來，在病中，他用包藥的粉紅小紙，描了空心體的「松柏長青」四個字，又寫了短短一封信給我說：「妹妹，我好想念媽媽和你，可是路太遠了，爸爸不帶我回家鄉，因為二媽不肯回來，我只好在夢裏飛回來和你們相聚了。」我邊看邊哭，覺得「夢魂飛回來」這句話不吉利，就不敢唸給母親聽。我寫信給哥哥，勸他安心，我的靈魂也會飛去和他相聚的。就這樣，我們通著信，可是那時的信好慢好慢，每週只有兩天才有郵差從城裏來。我每次在後門口伸長脖子等信，總是等得失望的時候居多。看母親總是茶飯無心，我更是忍淚裝歡，盼望著綠衣人帶來哥哥的信。那一盒北京帶回的餅乾，卻是再也無心打開來吃了。

很久以後，才盼到父親一封信，裏面附著哥哥一張短短的紙條，寫得歪歪斜斜幾個字：「媽媽、妹妹，我病了，沒有力氣，手舉不動了。餅乾不能吃，餅乾屋也沒有了。」

我哭，我喊哥哥，可是路那麼遠，哥哥聽不見，母親抹去眼淚說：「哭有什麼用呢？哭不回你爸爸的心，哭不好你哥哥的病啊！」我們母女就像掉落在汪洋大海裡，四顧茫茫，父親在那裡，哥哥在那裡呢？

我們日夜悲泣，可是真的哭不回父親的心，哭不好哥哥的病。哥哥走了，永遠離開我們了。我再也收不到他用沒力氣的手所寫歪歪斜斜的信了。北京雖遠，究竟還是同一個世界，現在他到另一個世界去了，我怎麼再給他寫信呢？

我捧起那盒馬占山餅乾，嗚咽地默禱：「哥哥啊，你寄來的餅乾還剩大半盒，我哪裡還有心思吃呢？你的靈魂快回來吧，我們一同來搭餅乾屋，世界上，有哪裡能比我們自己搭的餅乾屋更可愛、更溫暖呢？哥哥，你回來吧！」

可是哥哥永不能再回來了。沒有了哥哥，夢中的餅乾屋也永遠倒塌了。

關公借錢

小時候在鄉下看廟戲，總是外公或長工阿榮伯牽著我去。起先是規規矩矩坐在外公身邊，猛啃甘蔗與荸薺。啃夠了，就站在條凳上，踮起腳尖來看，又嫌被人擋住看不見，就要阿榮伯抱我擠到舞台邊，把台上的戲囝兒看得清清楚楚。（我家鄉稱演員為「戲囝兒」，大概認為他們是逗人快樂的囝囝吧！）我最喜歡那個演貂蟬的花旦，手托亮晃晃的銅盤，轉得好俐落。我還喜歡紅臉關公和黑白花臉張飛，他們一出來，我就合掌拜拜，把他們當神佛一般。我尤其喜歡看張飛發脾氣時，踩著腳「哇啦啦啦」的大叫，回家來就學給媽媽看，媽媽笑罵「姑娘家這樣粗，多難看呀？」

他們唱完戲，都會到我家大宅院來遊花園。我就緊跟在他們後面，一個個分辨，那一個是扮關公的，那一個是扮張飛的，有的連臉上的水粉都沒洗淨呢。母親認出那個扮小丑的，笑著對他說：「你這個白鼻頭兒，在戲裡是個害人精，看你人倒是忠忠厚厚的嘛！」他說：「太太，我若是在戲裡不會當害人精，就沒飯吃囉！」外公坐在柴倉邊的竹椅裏，只是摸著鬍子笑。

外公卻悄悄告訴我說：「你媽媽最喜歡扮藍袍青天大人的那個戲囡兒，也就是你最喜歡的紅臉關公。昨天他推牌九，把一荷包的錢輸得光光的，連買餛飩的銅板都沒有，向我借，我就借了他一塊銀洋錢。」

「一塊銀洋錢呀！」我眼睛睜得大大的。

「哦，他們都好窮啊！掙一個，花一個，也不會積蓄。你不要告訴你媽喲，她會心疼的，又要埋怨我亂花錢了。」

「他會還你嗎？」我也很心疼那塊白花花的銀洋錢呢。

「還什麼呀？他們今天到東，明天到西，也不知今生今世會不會再碰頭呢！」外公輕輕嘆了一口氣。

我楞楞地，心裡說不出是什麼滋味兒。

幾天以後，老師要我寫日記，寫篇〈看戲的感想〉。我原只想寫〈我最最敬仰的關公〉。因為我聽小叔講過三國演義，心裡浮起的形象，是舞台上的關公，右手捧著一卷書，左手捋著長鬚，挑燈夜讀春秋的威嚴，多麼令人敬仰？可是一想到扮關公的戲囡兒是個呼么喝六，賭錢賭得滿頭大汗的人，就怎麼也寫不下去了。

我咬著筆桿發呆，外公說：「你就寫〈關公借錢〉，不是很有趣嗎？」我連連搖頭說：「不要，我不要把心裡的關公變成那個樣兒。」

那篇日記，就沒寫好，糊裡糊塗湊幾筆就交給先生，先生看了很生氣地說：「心太散慢，以後不許看戲了。」我心裡只想哭，覺得以後也真的不想看戲了，看了戲，人究竟是好是壞都分不清了。

——原載民國八十二年二月六日《新亞時報》副刊

媽媽罰我跪

小時候，只要我過分頑皮惹媽媽生氣，她就繃起臉說那三個字：「去跪下。」我就蹬蹬蹬跑到佛堂前的小蒲團上跪下。那是外公特別用軟軟的蒲草給我編的，他說那才是真正的蒲團，在佛堂裏越跪久越會長大，佛菩薩會保佑我聰明又健康。所以我一點也不怕媽媽罰我跪。

有一天，我因為偷吃了一塊媽媽剛剛做好供佛的紅豆棗泥糕，不等她開口，我就主動要去佛堂罰跪。媽媽偏說：「不要去佛堂，就在廚房裏跪。」我知道佛堂裏供有一大盤香噴噴熱騰騰的棗泥糕，媽媽生怕我再偷吃。其實我就是不吃，跪著聞聞那香味也是好的。可是媽媽令出如山，我若是不聽話，連中午特別為我蒸的新鮮黃魚中段也不給我吃了。我只好扮出一副苦臉央求：「廚房的地太涼太潮濕，跪久了會得風濕病的。」媽媽想了想，忍住笑說：「那就在廚房裏罰站吧。」罰站呀，媽媽又想出新招來了。都是我自己不好，告訴媽媽鄰居小朋友王玉在鄉村小學唸書，背書背不出來，老師罰她對著牆壁站五分鐘，因為學校的水門汀地都是灰土，而且女孩子跪著也不好看。王玉對我說時還眉飛色舞，好像覺得男生罰跪，她罰站，高他們一大截的樣子呢。媽媽聽了還笑咪咪地誇老師處罰得當，誇王玉誠實懂事。現在她也要罰我站，算是讓我升級了。我又嬌聲嬌氣地說：「王玉是對著牆壁站，我們廚房的牆壁灰土土的，還掛著鹹魚，有一股子腥味，我就對著灶神爺站好嗎？」媽媽覺得也有道理，就點點頭，這時她已笑瞇瞇的，一點怒氣也沒有了。

我畢恭畢敬地站著，卻又忍不住問：「媽媽，您小時候，外公外婆罰你跪嗎？」媽媽瞪我一眼：「罰站時不許說話。」過了一下，再嘆口氣說：「你又不是不知道你外婆過世得早，是你外公把我帶大的。你去問外公吧，問他有沒有罰過我跪，我小時候是不是像你這樣不聽話。」

外公那時在廊前晒太陽，我馬上朝灶神爺拜了三拜說：「我這就去問外公。」就馬上溜出廚房，一次嚴重的罰站就這麼結束了。我跑到廊前，撲在外公暖烘烘的懷裡喊：「外公，媽媽要罰我跪，後來又改了只罰我站，站得腳板心好疼喲。」外公敲著旱煙筒問：「你做錯了什麼事呀？」我說：「沒做錯事，只不過吃了塊供佛的紅豆棗泥糕。」外公問：「媽媽看見你拿去吃的嗎？」我搖搖頭，外公說：「不先問媽媽，自己拿來吃就是偷。」我委屈地說：「我肚子好餓，媽媽老是要我等，等供了佛和祖先、等外公和阿榮伯都坐上飯桌，再分給我吃。我還小，禁不得餓的呀。」外公呵呵地笑了，把我摟得緊緊地說：「哦，小春還小，小春已經很聽話很乖了。」我仰起頭，摸著外公的灰白鬍鬚問：「外公，媽媽小時候，您有沒有罰她跪呢？」外公搖搖頭說：「沒有，你媽媽從小就懂事，從不惹我生氣。她沒你命好，沒娘疼她，外婆過世得太早啊。」外公不再說話了，臉上像很憂傷的樣子，我就不敢多問了。但我知道，「罰跪」是一種很重的懲罰，罰過跪，一定要牢記心頭，不要再犯錯。媽媽因為疼我，要我學好，才罰我跪的。

可是運氣真不好，那天老師要我背一段《孟子》，我一眼看見他佛堂裏供的也是媽媽送過來的紅豆棗泥糕，我聞著香味，《孟子》竟結結巴巴的背不齊全了。老師生氣地一拍桌子說：「跪下。」我哭喪著臉說：「早上已經在廚房裏被媽媽罰過了。」我沒說罰「站」，因為老師佛堂前的蒲團很軟很舒服，我寧可「跪」。

老師仍很生氣地說：「你媽媽罰你是另一回事，我罰你是因為你書背不出來。」

我就乖乖兒的走到佛堂前，跪在蒲團上。沒想到老師又大聲地說：「跪在地板上，蒲團是我拜佛跪的。」我說：「老師，我邊跪邊拜佛好嗎？我會念心經、大悲咒，媽媽教我的。」

大概是我那一臉的虔誠，感動了嚴厲的老師，他沉著臉點點頭說：「好吧，你就跪在蒲團上念心經大悲咒，佛會保佑你聰明健康的。」他把佛堂裏的一串念佛珠取來掛在我脖子上，我就閉目凝神地念起來，越念越高興。想想老師儘管對我那麼兇巴巴的，心裏一定還是很疼我的。不然為什麼要菩薩保佑我呢？我雙膝跪在軟綿綿的蒲團上，眼睛注視著香爐裏升起的嬝嬝青煙，想著每天清早隨媽媽並排兒跪著念經拜佛時，媽媽一臉的虔誠，使我有一份說不出的安全感。才知道跪並不是一種懲罰，而是讓我靜下心來慢慢地想，那就是老師常常教我的「反省」吧……。

歲月悠悠逝去，而當年罰跪情景，如在目前。想起慈愛又辛勞的母親，想起溫而厲的老師，領悟到他們對我的罰跪，含有多麼深的愛和期望啊！

——原載民國八十三年五月七日《聯合報》副刊

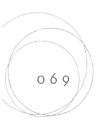

秋花遠比春花淨

我出生於簡樸的農村，母親是一位勤勞節儉的婦女。稍長後到杭州受完中學教育，抗戰中在上海完成大學教育。他鄉遊子，無一日不思念家鄉，思念慈母。卒業後千辛萬苦冒險趕回故鄉，慈母竟已逝世半年了。我於萬分悲慟中默默回憶自幼偎依在慈母身邊的情景，歷歷如在目前。

我最記得桂花是母親最愛的花。她說任何嬌艷的春花，都不及桂花的淡雅高潔。桂花於開過後還可以曬乾，一缽缽收起來，和在茶葉中，喝起茶來清香撲鼻。母親邊說邊折一枝桂花供佛，滿臉浮現著欣慰的微笑。

桂花是農曆八月盛開的。開放的時間相當長。母親在清淡的桂花香中，忙家務也特別的心神怡悅。她也最愛中秋前後皎潔的月色。她說：「月光多明亮啊！連繡花針掉在地上都亮閃閃的，看得清清楚楚哪。」她認不得多少字，卻牢牢記得父親作的兩句得意的詩：「秋花遠比春花淨，春月何如秋月明。」

台灣很少有桂花，有一次我走過一條幽靜巷子，忽然聞到一陣淡淡的桂花香，似從人家圍牆裏飄來，我駐足良久，卻又看不到桂花樹從那家圍牆上面伸出來的，悵然若失地回到家中，就提筆寫下了〈故鄉的桂花雨〉一文，以寄我無限思親懷舊之情。

幽默笑話

說個笑話逗別人樂，可以給自己消愁，也可以化解惱怒與怨恨，所以喜歡說笑話的人是非常懂得生活藝術的。

鄉下人在一天辛勞工作之後，都喜歡說說笑話以輕鬆一下筋骨。我的外公就是個最喜歡說笑話的人，說的笑話都很幽默。那時代並沒有「幽默」這兩個字，只是誇外公是個很有趣的人。

我一個叔叔喜歡唱京戲，唱得荒腔走板。但他逢人就唱，唱得人人都躲他，外公就講了一個笑話：

有一個小偷摸到一個戲迷家裏去偷東西。東西都已偷來放在包袱裡包好，正要走時，卻聽戲迷在夢裡唱起戲來。他忍不住噗哧一聲笑起來，戲迷醒了，小偷想跑，戲迷馬上起身拉住他說：「你別跑，先聽我唱一段，你只要叫一聲好，我就把包袱送給你。」小偷連忙說：「好，好你快唱吧。」戲迷拉開嗓子哇哇地唱，還沒等他唱完呢，小偷放下包袱說：「我要走了，包袱還給你吧。」

母親也講過一個笑話：有一個戲迷，總是抱怨沒有人聽他唱戲。有一次，他趁著一群人在廣場上看賣藝人變戲法，戲法表演完了，戲迷就站在一張凳子上大唱起來。他唱了一段又一段，圍觀的人都散光了，只剩下一個人還站在那兒笑嘻嘻地看著他。他感動地說：「老哥，你真是個懂戲的。」那位老哥說：「我是等你唱完，好拿回我的凳子呀。」

母親常常喜歡說這個笑話，還笑咪咪地說：「我天天做菜給大家吃，也沒聽哪個誇一聲好吃。我也是那個站在凳子上唱戲的人哩！」可見母親也是個很懂得幽默的人呢。

最近還聽一位好友講了他自己的一段真實故事：

有一年她回台灣，和她女兒在車站等車。看前面站著一個美國女孩。她對女兒說：「這個女孩長得很漂亮，就是鼻子太大了點。」那美國女孩回頭一直對她母女笑。她就用英語對美國女孩說：「我們誇妳好漂亮啊！」她笑了一下，用字正腔圓的國語說：「謝謝妳，但妳不是說我的鼻子太大嗎？」我那朋友真難為情得恨無地縫可鑽。看女孩並無生氣的樣子，就問她：「妳怎麼能說這麼好的國語呢？」她說：「我是特地來台灣，在台大研究中國語文的。」

我那位朋友才知道自己有眼不識泰山，錯把會說中國話的洋人當土包子呢。

母親的菩提樹

我故鄉老屋後院有一棵姿態很美，不大不小的樹，不是扶桑，不是木碧，也不是名稱好聽的「翠玉藜」，只是那麼一棵無名的樹。長工阿榮伯在太陽下工作，熱了就脫下棉襖往樹枝椏上一扔。小幫工阿喜從田裏捉來的田螺，籃子滴著水，濕漉漉地，也往樹枝上一掛。母親拉了把竹椅坐在樹下做活兒。她說樹葉的清香，薰得她眼皮直搭下來想打盹。她說：「不知怎麼的，坐在樹下心裏就好舒坦。」

老師因此說，那是母親的菩提樹，在下面坐著會安心，會悟出大道理來。

有一天，發現樹根長出一條藤，慢慢沿著樹幹向上爬。阿喜要把它剪掉，老師連忙阻止他說：「任何草木都是有生命有知覺的，不要去傷害它。」阿喜就不剪了。母親俯身下去看，撫摸著小藤蘿，好像它是樹的小兒女。

好幾回，我看見母親一個人坐在樹下，呆呆地好像在想心事。我也不去驚吵她，她大概在對樹說話，或是許什麼願心吧？母親常常對樹許願心的。

聖誕節，教堂裏牧師給母親送來一棵小小聖誕樹。母親把它擺在那棵樹旁邊，她說：「聖誕樹也是菩提樹，看了叫人忘掉憂愁。」

母親逝世已經四十五年，故鄉老屋的那棵樹還在嗎？無論如何，它是永遠長在我心中的。

我的佛緣

我幼年時隨母親住在鄉間，父親請了位吃素念佛的老師教我認字讀書，卻帶了長我三歲的大哥去北京定居。把我們兄妹硬生生分開得那麼遙遠。母親是虔誠奉佛的，對父親的安排都逆來順受，只有命我每天一大早隨她在經堂裏上香拜佛，保佑父親和大哥身體健康。我和母親並排兒跪在蒲團上，頸上套著佛珠，邊撥邊唸一圈阿彌陀佛、一圈釋迦牟尼佛、一圈地藏王菩薩、一圈觀世音菩薩。唸得我空肚子咕咕直叫。只好敲著姑婆從普陀山帶回給我的小木魚，再看母親仍舊眼觀鼻、鼻觀心地唸心經、大悲咒、白衣咒，聽得耳熟能詳，也就餓著肚子跟她唸。唸完經，拜了佛，才吃早餐。早餐一定是素的——鹹菜炒蠶豆、腐乳滷蒸豆腐。母親說：「早餐吃素，一天心清。」因此我相信我們母女的心都很清。

吃完午餐該讀書了。老師又要我跪在他的佛堂前拜佛。我說：「已經拜過佛唸過經了。」老師說：「讀書之前拜佛，保佑你記性好。」拜完佛，老師會給我一粒供過佛的麥芽糖，還要喝那杯面上飄滿香灰的淨水，他說淨水會給我添智慧。幸虧麥芽糖很好吃，我就皺著眉頭把飄滿香灰的淨水喝下去。

老師教我認方塊字，第一個字就是「佛」字。他說：「你每天拜佛，一定要認識佛字。」因此我翻開任何書本，就先找「佛」字，有時把「弗」字也當作「佛」字。老師說：「人修行、得道，以後才成佛。所以『佛』字邊上一定有個『人』字，意思是佛跟人是很接近的。」

我有一位比我大八歲的小叔。他聰明絕頂，讀書過目不忘，卻不肯正式考學堂唸書。他聽我琅琅地背白衣咒，問我：「什麼是廣大靈感，你懂嗎？」我搖搖頭。他說：「廣大是無邊無際、靈感是心。就是說你的心和世間萬物的心都能相通。草木蟲魚鳥獸，甚至朝生暮死的小菌都是有靈性的，我們都要對牠們抱同情心、憐憫心，不要傷害牠們。真正修行的人連吃菜都只吃葉子不吃菜心，因為菜心是有生機的。」

我被他說得心慌意亂，覺得自己天天都在殺生。真想發個願心不吃葷菜。但是媽媽煨的香噴噴紅燒肉、煎的新鮮黃魚實在太好吃了。就問小叔叔：「媽媽天天拜佛唸經，怎麼也燒魚、肉呢？」

小叔說：「你媽媽是為了疼你，只得燒葷菜。她不罪過，罪過的是你呀！所以屠夫要邊殺豬邊唸：『豬呀、豬呀，你莫怪，你是人間一道菜。人不吃來我不宰，你向吃的去要債。』」聽得我又好笑又害怕。

小叔又說：「你不要怕，你現在還小，修行還早呢！長大了就跟你媽媽吃三淨素吧。」

我奇怪地問：「什麼是三淨素呀？」

小叔慢條斯理地說：「你聽著，我也是剛剛從廟裏聽來的。三淨素就是不親自動刀殺的、沒有親眼看見殺的，不是為你殺的。這不很容易嗎？你幾時殺過雞鴨呀？每年過年時長工殺豬，你媽不是都抱著你躲到佛堂裏唸往生咒超渡牠們嗎？哪有看他們殺呢？還有，一頭豬、一隻雞，殺了以後分成無數塊，大家都吃到了，罪孽大家分擔，因為不是為你一個人殺的。」

小叔說來頭頭是道，我聽得半信半疑。再去問老師，老師也點點頭說：「這是佛家勸愛吃大葷的人通融的說法，因為戒殺極難，只好放寬點。」

老師是吃長齋的，每月有六天還要過午不食，只喝一碗薄薄的藕粉或米湯。那叫作六齋。小叔告誡我每逢六齋，字要寫得格外端正，因為老師餓得心火上升，會罰我跪的。母親在這六天裏，卻是對我格外慈愛，不聽話也不責罵我。只是這六天不准我吃新鮮魚蝦，只吃鹹魚。所以我對六齋的日子，記得清清楚楚的。小叔說，這叫作「心齋」，是心中的一種警覺。長大後想想，也真有道理，一個人如能不時反省，豈不是修心養性之一法呢？

濃厚的佛教氣氛，使我幼小的心靈，感到平安有依靠。但忽然一個青天霹靂，自北平傳來噩耗，我親愛的大哥，忽然因腎臟炎去世了。這個沉痛的打擊，使我對佛的信心起了動搖。但母親在萬分悲慟中，沒有一句怨言。她悲悲切切只悔恨自己沒有堅持把哥哥帶在身邊。老師卻說人生年壽都是有定數的，越發勸我要多拜佛唸經。他說我下巴尖，非載福之相，要我時時心存善念，修心可以補相。可是再怎麼修行，親愛的哥哥已回生乏術，雁行失序的悲痛，每於拜佛唸經時，尤為刻骨銘心。

十二歲被帶到杭州，與家鄉的小朋友們遠離，尤感孤單。幸不久即考入一所教會女子中學，生活有了大大的轉變。但使我不習慣的是每天早上要做祈禱，每頓飯前要低頭禱告，感謝上帝。每週日要做禮拜。我堅定信佛，因而時常躲到健身房裏，被舍監抓去重重處罰。

做禮拜時，同學們禱告，我就默默地唸心經。但是禮拜堂裏悠揚的琴音和讚美詩聲，有時也會使我很感動。回來告訴母親，母親說：「聖母像和觀世音菩薩不是很像嗎？神佛在天堂上都是要好的鄰居吧。但奇怪的是聖母生了耶穌，親娘與兒子反倒分成兩派，拜聖母的是天主教，拜耶穌的是基督教。」

我奇怪地問：「媽媽，你怎麼知道得這麼清楚？」

母親笑笑說：「我們家鄉不是有兩個禮拜堂嗎？有白姑娘來捐錢的就是天主堂；另外一個是耶穌堂。我問過白姑娘有什麼兩樣，她只笑說不一樣。我對她說我們信佛的不分家，阿彌陀佛、釋迦牟尼佛都是佛，地藏王、觀世音都是菩薩。」

我抱怨學校裏要強迫我做禮拜，母親說：「做禮拜就去做嘛，唱讚美詩就唱嘛，唱歌總是開心的。我聽說他們信教的不拜佛，不吃供過佛、供過祖先的東西，我們信佛的卻肯做禮拜，供過佛和祖先的東西吃了才保長生呢。」

母親的快人快語，真有道理，我也就安心了。

我逐漸長大了，自初一至高三，六年的中學教育中，實在有好幾位慈愛的好老師。她們都是虔誠的基督徒，對我們無微不至的關懷愛護，使我心感萬分。但她們勸我信教受洗，我都婉謝了，老師們亦不以為忤。

我每想到母親說耶穌的媽媽和觀世音菩薩是要好鄰居的有趣解釋，不由得也會跟著大家唱起讚美詩來。尤其是唱起有一首詩：「父母兄弟、親戚朋友，有時要分離，耶穌不離開。天地萬物，都要改變，只有耶穌不改變。」心中不免陣陣酸楚。想起哥哥早逝，雙親日益年邁；想起幼年時跪在蒲團上拜佛唸經的情景，和小叔對我說的充滿哲理的話，於略帶悽愴的歌聲琴音中，益感人世的無常。佛教教義的精深博大，實在給與我無限啟迪。

六年的中學生活，我雖未曾接受老師的勸諭信教受洗，但對充滿愛心的虔誠基督徒，永懷崇敬之意。也使我感悟宗教的博大精神，是應當不分彼此的。

高中畢業後，進的又是基督教大學，美國校長的夫人正是我中學英文老師的胞姊，對我愛護備至。她教我英文打字，為她所帶領的宗教團契服務，使我在為人為學方面，獲益至多。她的慈愛和服務精神，尤足為年輕人的楷模。她多次勸我信教，我總是婉轉地說「等我能再深入了解時再說吧！」但心中仍感到十二分歉疚。

為此事曾向最敬佩的夏承燾恩師請教。他笑嘻嘻地開導我說：「你不必感到不安，皈依宗教不是禮貌應酬，要心中真誠感悟才能接受。這就是基督教徒所說的上帝在你心中做工。你既堅定信佛，就是心中有佛，一切疑慮自然消除。你把耶穌也當佛就是了。孔子說過的：西方有聖人，指的就是耶穌吧。」

恩師的一語點醒我，從此不再惶惑不安，不再疑慮不決。並領悟了儒家的仁，道家的自然，基督的博愛，和佛的慈悲，正是一貫的精神。

抗戰期間，飽經離亂喪亡之痛。憂患備嘗中，此心始終能安定且堅持信仰，就是牢記恩師「心中有佛」的誨諭。把人間的一切變遷，都視為必然因果。於悲懷難遣中虔心唸佛，於一帆風順中也虔心唸佛，正如基督徒的隨時祈禱，將一切歸諸上帝的旨意。

如今回顧往昔，或有因愚昧所犯的罪過，只有祈求慈悲的佛賜予赦免與指引。我要虔誠地唸一聲：

阿彌陀佛！

——原載《普門》佛教月刊

我愛紙盒

我有一份愛紙盒成癡的心情。

究竟是什麼原因呢？說來可真是話長。

我幼年時，儉樸的母親，從不捨得為我買一樣玩具。我的玩具都是老長工阿榮伯的一雙巧手給我做的。我最最喜歡的是他用撿來的木片釘的一個精巧木盒。裡面有上下兩層，各臥著一個布娃娃，身邊放著她們的壓歲錢和香菸洋片。我背書背不出來時，就捧著木盒玩，假想這是一幢樓房，上下樓的娃娃唸唸有詞地談天，作遊戲，罵老師。母親在一旁看得高興起來，也會把她那個有鏡子的針線盒拿給我玩，我好開心啊！

有一年中秋節，城裏的張伯母送母親一盒火腿月餅、一盒金絲蜜棗。哇，這兩盒香噴噴的美食，母親供了祖先再遍饗鄰居親友，足足快樂了一個多月。盒子空出來當然歸我了。阿榮伯把兩個盒子做成一頂花轎，轎頂上紮三朵紙花，裏面坐著兩個布娃娃。盒子外面用鐵絲繞四個圈圈，套上兩根光滑的長竹籤。可以用雙手抬著，走來走去，實在好玩。我把花轎抬到東、抬到西，給小朋友們看，也給討厭我的五叔婆看。五叔婆就一癟嘴說：「新娘子坐這種花轎不要悶死了？我當年坐的花轎，邊上是有縫，好透氣的。」母親笑笑說：「透縫的花轎不是新的喲。」五叔婆就生氣了。我和小朋友最最喜歡逗五叔婆生氣，她一生氣就到自己房子裏去，母親一個人炒的菜就好吃多了。

不久，在北京的父親帶著二媽回來了。二媽帶來了很多很多吃的、玩的分給大家，我也有一份。但我好想她丟在字紙簍的一個五彩花紙盒，就伸手去拿。她大聲地說：「不許拿，那是裝桃脯的，黏黏的會招螞蟻。」我只好縮回手。從此我就好怕她，躲得遠遠的。

我還是好喜歡阿榮伯給我用紙盒做的花轎，有一天，我把它放在飯桌上，她看見了，生氣地說：「這麼髒的東西，怎麼放在飯桌上？」我戰戰兢兢地說：「不髒，是裝月餅和棗子的盒子做的。」她越發大聲地說：「怪不得，你看地上不是有螞蟻在爬嗎？」我一看果然有兩隻螞蟻，就驚慌地立刻捧著往廚房跑。她又說：「不許拿到廚房去，廚房是做吃的東西的，快把它扔掉。」我壯起膽子說：「我不扔，那是阿榮伯給我做的花轎。」她說：「什麼花轎，給你那麼多玩具還不夠你玩的？」我說：「我不要你的玩具，我要花轎。」就捧著它奔向廚房。她追過來把我的花轎搶去，遠遠地扔到天井裏，天正下雨，花轎全濕了，歪歪斜斜地倒在雨地裏，兩條轎槓也掉下來了。

我大哭起來，抱著母親問：「媽媽，你為什麼不說話？為什麼不攔著她扔我的花轎。」母親坐在竹椅上，沉著臉，把我摟得緊緊地說：「不要哭，你長大了爭氣點，比花轎好十萬倍的東西都會有。」阿榮伯走過來摸摸我全是淚水的臉說：「你不要心疼那紙盒做的花轎，我再給你用竹子編一個。」我跺著腳說：「我不要，我就是喜歡那花花綠綠的紙盒花轎。」

從那以後，我雖然好想再有一頂花轎，也常看見從父親屋子裏丟出一些花紙盒，但我牢牢記得二媽那次不許我從字紙簍裏撿花紙盒的嚴厲神色，所以不願去撿。既沒有漂亮紙盒，就沒有請阿榮伯為我再做一頂花轎。

這一幕不愉快的情景，竟然永難遺忘。幾十年來，我一見到漂亮紙盒，就會想到那被扔在雨地中的花轎，心中浮起永遠的悵恨。

——原載民國八十二年三月九日《中華日報》副刊

奶奶的洋娃娃

鄰居七歲的小女孩玲玲，捧了個大紙箱放在我身邊，喜孜孜地說：「奶奶，我要跟你玩洋娃娃，我有好多洋娃娃喲！」

我高興地說：「好呀！」

玲玲掀開紙箱蓋子，把娃娃一個個抱出來。我一看，都是瘦瘦長長的姑娘，雙手雙腳卻都像柴棍似的，硬幫幫地撐開來，頭髮亂七八糟地披散著。我搖搖頭說：「怎麼這些女娃兒都這樣瘦巴巴的，一點兒也不漂亮呀？」

玲玲有點兒失望，馬上說：「我給她們換上新衣服，梳了頭，打扮起來就漂亮了。」

我只好耐心地看玲玲給姑娘們打扮，她拿起紙盒裏一把小梳子，抓起女娃娃的長髮就使勁地梳，有的編條辮子，有的盤個高髻，梳得不中意又拆了重梳。衣服穿上了又剝下，再把她們的雙手扳得朝天，雙腿轉得一隻向前，一隻向後，像舞蹈的姿勢，玩厭了，就把她們統統扔在地板上，橫一個，豎一個。有的仰，有的臥。

我看了很不忍地說：「你看你這麼折騰她們，她們會生氣的呀！」

玲玲說：「她們不會生氣，她們喜歡我跟她們玩呢。」她就把一個娃娃拿到我耳朵邊，用手指在娃娃胸前一按，說：「奶奶，你聽聽。」

我竟聽見娃娃輕輕地說了聲「謝謝你！」逗得我笑了，心裏想：「現在的孩子可真享福，我小時候，做夢也別想有這麼多娃娃，想有一個都難呢！」我對玲玲說：「你要好好疼娃娃們，給她們每個人取個名字，中文的、英文的都好，她們聽見自己的名字會更高興哩。你抱她們在手裏，要講故事給她們聽呀！」

玲玲仰起頭問：「講什麼故事呢？」

我說：「你學校老師講給你聽的，就講給她們分享呀！」

玲玲說：「好，我明天就講，奶奶現在先講個故事給我聽好嗎？我聽，娃娃們不也聽了嗎？」

「好，我就講一個我小時候抱娃娃的故事給你聽。」

我就開講了：

我像你這麼大的時候，跟媽媽住在鄉下。鄰居的小女孩阿玉是我的好朋友。有一天，她爺爺給她從城裏買來一個胖嘟嘟的洋娃娃，抱來給我看。她說：「你可以抱一下就還給我。」

我問她：「一下子是多久呢？」

她說：「你雙手捧著，我數到一百下你就要還給我。」

我心想，一百下滿久的嘛！就抱著娃娃讓她數。誰知她放鞭炮似的數得好快。一二三四五六……一下子就數到一百了。我仍然抱著不放，說：「太快了，再數一百下好嗎？」

她說：「好。」就又放鞭炮似的數了一百下。

我心慌意亂，也有點兒生氣，把娃娃還給她說：「還給你，明天我也要媽媽給我買個比你大好多的洋娃娃，給你抱著玩，我數一千下你才還給我。」

她大笑說：「你哪裏數得來一千下？一百下你都數不清。」

我說：「那我就不用數數，你抱著娃娃，從我家後門走到前門，再從前門走到後門。才把娃娃還我。我家房子好大，你走去走回就要走好半天了。」

她又大笑說：「抱著娃娃走來走去有什麼好玩？我們把兩個娃娃放在一起，一個扮新郎，一個扮新娘，不是很開心嗎？」

我高興得直拍手說：「好呀！好呀！」

可是，我的大娃娃在哪裏呢？我跑到媽媽身邊，拉著她的衣角央求：「媽媽，給我買個洋娃娃。」

媽媽說：「洋娃娃頭髮亂蓬蓬的像雞窩，眼睛睜得老大，有什麼好玩？我空下來給你縫個布娃娃，軟綿綿的，晚上放在你枕頭邊聽你唱歌，多好呀！」

我想想也對，就去告訴阿玉，媽媽要給我縫個布娃娃。

阿玉說：「布娃娃一下子就髒了，洗了又不會乾，不好玩。」

我有點兒失望，不敢再去煩媽媽，就求阿榮伯在鎮上買了個蠟做的娃娃。紅短衫，綠短褲，都是用顏色塗的，眼睛鼻子都擠在一堆，看也看不清楚，比起阿玉的差遠了。

我拿給阿玉看，她把鼻子一翹，說：「好醜啊！男不男，女不女，我不要我的娃娃和他配對。」

我感到好傷心，想想媽媽真小器，連個娃娃都捨不得給我買。阿榮伯買的又是那麼醜、那麼土，連我自己也好醜好土。阿玉的爺爺常帶她到城裏玩，我卻連鎮上都不能去，因為媽媽生怕我看見店裏的東西就想買，她叫我要儉省。

我就這麼一天到晚夢想有個洋娃娃。直到爸爸從北京回來，不久就帶我去城裏，但並不是去玩，而是去割扁桃腺。爸爸答應我割了扁桃腺，就給我買個洋娃娃。我好開心，喉嚨割過扁桃腺也不覺得痛了。

出院時，我抱著洋娃娃回家，馬上抱給阿玉看，阿玉這才高興地說：「我們現在可以結親家了；希望一對洋娃娃白頭偕老，我們倆也永結同心。」

阿玉的爺爺教了她好多成語，她就統統搬出來用上了。這回輪到我大笑起來，說：「你說錯了，兩個女娃娃怎麼能白頭偕老，我們兩個女孩子也不能永結同心呀！」

阿玉問：「為什麼？」

我說：「老師對我說的，像這種情形，叫做情投意合。」

阿玉說：「那不就是兩個人同一條心嗎？」

阿玉說得也對呀！

……

我講小時候的事兒，講著講著，不禁想起和我一條心的阿玉。玲玲奇怪地問：

「奶奶，你怎麼不說話啦？」

「我在想念我的小朋友阿玉。」我說。

玲玲問：「阿玉是不是跟我一樣大？」

我笑笑說：「傻孩子，阿玉是奶奶的朋友，她也跟奶奶一樣，老得滿頭都是白髮囉。」

玲玲說：「我也好想老，老了就好當奶奶了。」我笑得合不攏嘴，把她緊緊摟在懷裏。心裏想念著海天一角的阿玉，六十多年不通音信，當年玩洋娃娃的她，如今也已兩鬢飛霜，耳聾眼花了。我默默地祝福阿玉身體健康，享受兒孫繞膝的快樂。

我拍著玲玲，玲玲在我懷中睡著了。恍惚中，我又回到抱著洋娃娃的童年了。

——原載民國八十二年三月三十日《國語日報》

雙料冠軍

中學時代，我在體育王老師的心目中，是個無可救藥的敗類，她在我心中則是天字第一號仇人。彼此在校園裏面對面走過時，總是側目而視，一副不共戴天的神情，因而我的體育成績永遠在及格邊緣，六十分，差一分就得補考。但老師也懶得給我這種人補考，以免自找麻煩，這是全校自校長到附小六年級的同學都知道的事。我不但不以為恥，反因此自視不凡。

不過我仍充分表現了我的團隊精神。凡是班級球類比賽，我一定放下最令我痛苦的數學或物理習題，去當啦啦隊為自己班上打氣助陣。其實也因為球員代表中有一個同學是我的刎頸之交。

在健身房裏看比球時，儘管我與王老師仇人見面，分外眼紅。但她對我那股浩然的正氣，也是無可奈何。

有一學期王老師請假，由一位陳老師代課，她高䠷身材，標準的北京話，和藹的神情和王老師那張晚娘臉完全不同，全班同學都喜歡她，連我這個敗類對她也無絲毫自卑或畏懼之心。在第一天上課時，她依照各人興趣分組練習各種運動項目。她捧著點名簿一個個認人，當她笑嘻嘻地朝我看時，我忽然覺得自己個子太矮小，什麼運動都不會，簡直一無是處，便喪氣地低下頭去。卻聽她喊我名字說：「你不要膽怯，告訴我你喜歡什麼運動。」我遲疑了好半天，才說：「我什麼都不會，只會走路。」同學們都大笑起來，陳老師也笑了，笑得像一朵花。

「好，你會走路，我就把你排在田徑組。」她說。

「可是我不會跳高跳遠，不會賽跑，媽媽說我心臟衰弱。」我戰戰兢兢地說。

「你放心，你小巧玲瓏，不會跑、不會跳，就比賽走路吧。走路對心臟有益。」

這倒新鮮，走路也可成為一項比賽項目，使我信心大增，興趣百倍，對體育課馬上不再討厭，而發生濃厚興趣。於是每次上體育課，我就勇敢地參加競走比賽，居然成績優異。到學期終了時，我這個在王老師心目中無可救藥之人，乃得從敗部復活，贏得了競走第一名。

這是我生命史上最光榮的一頁。

下一學期，王老師回來了。我已恢復了自尊心和自信心，對她也不再畏懼。第一節課點名時，她特別對我看了半天，那副晚娘臉也沒有了。我心想一定是代課的陳老師已經告訴了她我競走第一吧，所以她也對我另眼看待起來。

她喊了我一聲說：「除了競走，你也得練練球類。」

果然陳老師已對她誇獎了我。我昂起脖子說：「好，我願意練打球。」

「這個球不用你打，你只要會躲就好了，叫做躲避球。」

同學們都大笑起來，我卻氣得要哭了。王老師難道仍舊歧視我，跟我過不去嗎？但既然是她指派的，我也無法反抗，只好跟幾個和我一樣矮小的同學練習所謂的「躲避球」。一個人扔球，另一個人躲球，以不被撞到球為勝利。到學期終了時，我又得了躲避球第一名。瞧，我居然是雙料冠軍哩！

爺爺的味兒

十歲的姪孫望著窗外遠處，忽然若有所思地說：

「好久好久沒有聞到爺爺的味兒了。」

「爺爺的味兒？」我沒聽懂他的意思。

他奶奶解釋道：「他在想念他的爺爺啦，因為他從小喜歡鑽在爺爺懷裏睡。爺爺愛用粗肥皂洗澡，所以有一股子味兒。」

「原來如此，」我就問姪孫：「爺爺的味兒是什麼樣的呢？」

「好好聞啊，暖烘烘的，有點香，也有點臭。」

「那你快寫信去催爺爺來嘛。」

「我寫啦，但是爺爺好差勁，都不回我信。奶奶說他太忙了，說他是個科技專家，還被請到俄羅斯去商談技術合作呢。奶奶說西伯利亞好冷好冷，爺爺睡在被窩裏，是不是還有那股子味兒呢？」

他胖嘟嘟的圓臉，一對烏黑的眼睛中，看出他是多麼想念遠在地球那一邊中國大陸的爺爺啊！

爺爺的味兒確實好溫暖，我也想起自己幼年時，爺爺去世太早，是由慈愛的外公牽著我小手長大的。外公是種地的農夫，高高瘦瘦的個子，四肢靈活，走起路來，健步如飛。他每年臘月都來我家過年，背上揹一個大布袋，裏面是他自己做的百果糕和山楂果，命媽媽祭了祖先灶神後再分給孩子們吃，保佑我們長命百歲。外公一來，就叫老師放我年假，那半個月，是我一年中最快樂的日子。坐在外公懷裏，聽他講那些講了幾百遍的故事。外公的厚棉襖裏，散發出一陣陣的味兒，暖烘烘的，好好聞，聞著聞著就安心地睡著了。外公說自己是吃山薯長大的，所以身上有一股子山薯的香味。他愛喝酒、喝茶，所以又有酒香、茶香。媽媽說外公長年不洗澡，因而還有一股子汗香，外公聽了張開缺牙的嘴呵呵大笑，笑起來更有一股子旱煙香。但他抱著我的時候是不抽菸的，生怕燙到我。

如今回想起來，外公的各種味兒，不也就是姪孫想念的「爺爺的味兒」嗎？

外子每回聽姪孫唸著爺爺，就會想起他弟弟幼年時活潑頑皮的神態。年光飛逝，如今那頑皮孩子都已做了爺爺了。我們兩次回大陸，都與他相見暢敘。他雖也已兩鬢飛霜，而手足重逢，歡慰中仍顯露出一臉的純真憨態。他興高采烈地對他哥哥說著他的工作計畫，一停下來卻就拍著膝頭呢呢唔唔地唸起來：「我的小白豬，我可愛的小白豬。」因為他白胖的孫兒是屬豬的，我對他說：「小白豬好想念你啊！你的小外孫女也好想念你啊！快快結束你的工作，到美國去一家團聚，讓小白豬和小外孫女多聞聞爺爺的味兒吧。」

他笑咧著嘴說：「可不是嗎？儘管我那小外孫女兒愛乾淨，我還是要摟著她，讓她皺起眉頭，聞聞爺爺的味兒呢？」

對著他那一臉笑逐顏開的神情，我不由得想像他童年時的天真憨態。他們兄弟倆，是不是也愛投在爺爺懷裏，聞爺爺的味兒呢？

——原載民國八十三年一月九日《中華日報》兒童版

喝過淨水的孩子

我是從濃厚的佛教氣氛中長大的，我的雙親、我的老師，都是虔誠的佛教徒，老師在我考取初一以後，就飄然引去，出家為僧了。

五歲時，老師教我認方塊字，他在四方紅紙上寫了一個字，高高舉起，笑嘻嘻地問我：「知道這是什麼字嗎？」我立刻說：「人字」。老師搖搖頭。我心裏想，小叔不是一天到晚唸「人、手、足、刀、尺」嗎？這不是人字又是什麼字呢？老師教我合掌向佛拜三拜說：「這個字是『佛』字，佛保佑你長生、聰明。」

我第一個認識的字就是「佛」字，我馬上朝佛堂拜了三拜，好高興我已認識筆劃這麼多的一個字了。因此一翻開書或報紙，第一就找「佛」字，因而把「弗」字也看成「佛」字。認識「佛」字以後，覺得「人手足刀尺」好容易啊！

每天清晨，我必定跪在佛堂前，跟母親唸心經白衣咒，再唸阿彌陀佛、觀世音菩薩。唸佛珠掛在頸項上，撥完兩圈，再拜三拜，然後母親把換下來的一杯淨水給我喝。我說上面有香灰，母親說「香灰才好啊，保佑你平安。」喝完了那杯淡淡的淨水，我就要求吃一塊麥芽糖。

數十年來，迭經喪亂拂逆，在驚惶、煩亂、不安之時，心中自自然會升起慈悲的佛像。喃喃地唸著佛號，也會想起幼年時，跪在佛堂前喝淨水的情景，幾位慈愛的親人臉容，也都同時出現眼前。我立刻就覺得有勇氣面對憂患，心頭感到一陣溫暖，眼也因淚水的洗滌而愈益清明了。

總記得老師對我說的：「你下顎很薄削，恐非載福之相，但修心可以補相，你一定要修行積福。」我非常相信「修心補相」這句話，因此我總是時時在心中存著好的念頭，記住別人對我的好，想著世間許多苦難需要援助的人，覺得自己真是幾生修來的福，能平平安安活到六、七十歲。

我因而懷著滿心的感謝，願有以回報人間。一個人如心中沒有怨恨、恐懼、徬徨之感，出現在臉上的，不就是安詳快樂的神情了嗎？

境由心造，相也由心造，修心補相，也是這個意思吧！

至今，我時常滿足地想到自己當年是喝過淨水的孩子，如今雖已步向老年，而淨水給我的智慧與福澤是無窮的。因為那點滴清泉，時時在提醒我，所謂「佛法無邊」，就由於廣大無邊的慈悲。敬奉佛、心存慈悲之念，祈求的不是個人的福祉，而是整個世界，整個人類的和平幸福啊！

和老師講禪話

我七八歲的時候，隨媽媽住在鄉下。由一位信佛的老師教我讀書。我不肯用心認字背書，卻愛聽老師和一位叔叔講些我半懂不懂的「禪話」。叔叔很疼我，有時候也教我講「禪話」。

有一天下大雨，我趁老師打瞌睡，偷偷出來站在廊前吃麥芽糖。沒想到老師已經走到我後面，大聲問：「你不讀書，在這裏看什麼？」我嚥下麥芽糖，說：「看院子裏大大小小的水泡，一會兒合在一起，一會兒都破了。」老師又問：「你聽見什麼？」我說：「聽見雨滴打在瓦背上，像很遠又像很近的樣子。」老師再問：「你在想什麼？」我低聲說：「想老師有一天要去當和尚了。」老師笑起來，摸摸我的頭，問：「那麼你跟誰讀書呢？」我立刻說：「我不要讀書。我要陪媽媽念經拜佛，保佑老師早點得道升天。」說著說著，我竟然哭起來了。

事隔幾十年，我仍然記得這幕情景。現在把這事說給小朋友們聽，心裏還是很難過。不知道自己當時為什麼會哭，是不是老師太嚴厲？還是因為捨不得他去當和尚呢？

別針風波

整理抽屜，撿出一枚精巧的胸針，擺在手心仔細欣賞，卻想起了中學時代的一段有趣往事——那是整整六十年前的陳年舊事了。

那時我是初中三年級學生。每週五的週會，我們初三一班和高三一班並排兒排成兩行，隨著悠揚的鋼琴聲，慢慢進入禮堂。全班同學都昂起頭，覺得自己好神氣啊，因為馬上就要畢業了。校內的畢業考試已經通過，全班甲等，全班都是高材生。把校長、教務長、訓導主任樂得嘴都合不攏。各位老師也都對我們另眼看待。校長不再用一對圓圓的銅鈴眼瞪我們，不再檢查我們制服是不是穿整齊，頭髮是不是齊耳根。我心裏好輕鬆，忍不住在口袋裏摸出最心愛的一枚別針，別在胸前，得意洋洋地向前走去。慈愛的訓導主任對別針望了一眼，笑了一下，點點頭。近視的教務主任瞇起眼睛看半天，伸手摸了摸，也點點頭。校長沒有站在旁邊，她是要陪教育廳一位什麼貴賓坐在講台上的，我不用擔心她看見。心中覺得自己好神氣，比同學們高了一尺，因為我有一枚美麗的別針。

別針是母親給我的。三顆圓圓的珍珠，擺成一個三角形，左右上角配兩片橢圓的紅寶石，變成一隻蝴蝶。實在玲瓏可愛。母親平時是不許我戴的，只有在我生病發燒躺在床上時，才許我別在袖子上左看右看，帶著滿心歡喜入睡。這回是初中畢業的最後一次週會，我央求母親讓我在同學面前出出鋒頭，她含笑同意了。

大家在禮堂裏坐定以後，校長陪了教育廳那位貴賓進來，請他上台去演講。他講得口沫飛濺，我們都鴉雀無聲，只聽他滿嘴的「婦扭、婦扭」，後來才知道他是說「婦女、婦女」。我們邊笑邊輕聲學他說話，同學們又都伸過頭來看我胸前的別針。不料校長忽然走下講台，一直走到我這一排，指著我說：「把別針取下來，現在不許戴。」我戰戰兢兢取下別針，放回口袋裏，只好又做出很專注聽講的樣子。

將散會時，卻聽見後排的同學菊芳對另一同學蘭生說：「你看她今天戴了別針好神氣，還不是挨了校長的罵，只好收起來。等一下我們趁她不備把別針偷來藏好，看她會急成什麼樣。」蘭生沒有作聲，但她一定是同意合作了。我心裏好氣，因為蘭生是我最信賴的同學，她居然也要和人聯合捉弄我，那我就先捉弄她們一下。回到課室裏，我就把別針包好放在座位下抽屜的一角。在英文課下課以後，我忽然大喊我的別針不見了。此時，蘭生以為是菊芳已把它偷去藏起來，菊芳以為是蘭生把它偷去藏起來，二人相視而笑，我心中暗暗得意，她倆上了我的當了。直到她們知道彼此都未對我下手時，蘭生倒為我著急起來。猜想是否從禮堂回教室時，別針掉在樓梯上了。於是她就上下樓梯好幾次為我仔細尋找都沒有影子。我心中越發得意，卻越發做出焦急的樣子，蘭生就越發為我擔憂，深恐我回家受母親責備，也為我心疼美麗的別針沒有了。她再三對我說：「你回家千萬不要說別針丟了，明天我們再在草地上找找看，也拜託工友在打掃禮堂時，在每張椅子下仔細看一下。」她這樣細心體貼我，我心裏萬分不安起來，很想向她招認，別針是我自己藏起來嚇唬她們的，但又一時不好意思開口承認。直到快放學時，我想從抽屜裏取出別針，再向她們說別針找到了。我不能一直欺騙她們，回家後會一夜睡不安的。當我理好書包，在抽屜裏仔細一摸，別針沒有了，真的不見了。這下子我不禁大叫起來，「我的別針真的沒有了。」聽得蘭生目瞪口呆，奔過來問我：「你怎麼現在又叫呢？別針不是在早上週會時就不見了嗎？」這時我才邊哭邊一五一十對她說了真話。但現在自己藏別針的地方卻被別人發現取走，這下怎麼辦呢？蘭生雖然有點怪我不該騙她，害她一直為我擔心，但別針真丟了她更為我擔心。這時菊芳走過來笑嘻嘻地問：「什麼事這麼緊張，別針丟了嗎？」我啼笑皆非，也不知如何對她說才好。我原是想捉弄她們，反而受到現世報，卻又不願向菊芳吐露真情與內心的惱恨，只呆若木雞，一聲不響。聰明的蘭生卻看出菊芳的表情有異，就問她：「你為什麼笑？你看到沒有？」菊芳從口袋裏慢條斯理地摸出別針說：「別急啦，在這裏。」我真是又高興又生氣，高興的是別針無恙，生氣的是菊芳怎麼會從我抽屜裏拿走別針，她終究還是捉弄了我。我輸給她了。

我接過別針，緊緊捏在手心，咬牙切齒地說：「我戴我的別針，為什麼要別人看了不順眼？我又不是偷的。」菊芳笑容頓斂，也生氣地說：「難道你以為我要偷你的別針嗎？」

我好像受了無限委屈似的，抽抽噎噎地哭起來。蘭生馬上用雙臂圍抱住我，安慰我說：「不要生氣了，大家都是要好的同學，都沒有壞心眼兒的，只是開個玩笑罷了。」

望著蘭生大姊姊般友愛的神情，我內心又懺悔、又慚愧，也忍下了想對菊芳再說報復的話。

我把別針帶回家中，還給母親，烏煙瘴氣地說：「媽媽，我再也不要戴這枚別針了。」母親笑嘻嘻地問：「怎麼啦?是老師不許你戴嗎?本來嘛，穿制服怎麼能戴珠光寶氣的別針呢?」母親越說我越傷心，禁不住又流下淚來。也忍不住把這段偷別針的玩笑事仔仔細細對母親說了一遍，她邊聽邊笑，把我緊緊摟在懷中，拍著我說：「不要哭了，同學像親姊妹，越吵越親嘛!」

如今我撫摸著這枚別針，兩位同學頑皮的神情，母親慈愛的容顏，都浮現心頭。年光卻已逝去整整六十年，一個甲子。

與蘭生在美重逢，歡聚中曾和她談起這段往事，她只是笑，卻已恍恍惚惚不記得了。三年前，她竟以心臟衰竭突然逝世。故舊凋零，當年同窗也都風流雲散，少女時代點點滴滴的往事，就讓它塵封在記憶的一角吧!

——原載民國八十三年三月二十九日《聯合報》副刊

中個女狀元

記得小時候，母親總在廚房裏忙得團團轉，叫我走開別纏她。還生氣地說：「我真要去跳潭了。」嚇得我連忙躲到姑婆懷裏，慈愛的姑婆摟著我，捏起我的小胖手，低聲唱：「十指兒尖尖會繡花，雙腳兒尖尖會當家。」母親卻馬上說：「我要她一雙大腳跑天下，十指尖尖寫文章，寫的文章長又長，將來中個狀元郎。」姑婆說：「聽見沒有？把書唸好，字寫端正，長大了要考個狀元郎喲！」我看母親一會兒生氣，一會兒笑，就噘起嘴說：「媽媽還說要去跳潭呢，一直也不跳。」姑婆輕輕拍了下我一巴掌說：「你這個笨丫頭，你媽媽跳了潭，你還活得了呀？」母親聽見了，走過來摸摸我的頭說：「你還沒長大，我怎麼能跳潭，我還等著你中女狀元呢。」

我知道女狀元就像戲台上穿大紅袍、帽子上插了兩枝花的大官，好神氣喲。就在心裏想，一定要多認識幾個方塊字，把作文作好，考個女狀元，讓媽媽和姑婆高興。

考個女狀元是我童年的夢，一直伴隨著母親的笑影淚光，牽引著我長大。可是中學六年，由於數理成績較差，很少能爭取到全班第一名，心中十分懊惱。幸得在上海唸大學時，有一次四所教會大學聯合舉行作文比賽，題目是〈中學六年級作文集序〉。由於我背的古文較多，這個題目寫來得心應手，竟得了第一名。馬上寫信告訴母親。叔叔來信說，母親笑得幾天都合不攏嘴，告訴左鄰右舍，說我真的中了女狀元了。

大學一畢業，我連忙寄一張戴方帽子、披學士袍的照片給母親。叔叔又來信告訴我，母親把照片放在枕頭邊，每天早晚都捧在手裏，瞇起近視眼看了又看。對姑婆說：「有這樣爭氣的女兒，我不用去跳潭了。」

親愛的母親啊！您那裏知道，時代不同了，大學畢業生滿坑滿谷，戴頂方帽子，那裏能跟古時候穿大紅袍的狀元郎相比呢？

但無論如何，那畢竟是母親唯一的安慰，也是我最大的鼓勵。

從大陸到台灣後，為了生活，用非所學地進了司法界當一名區區的記錄書記官。不久由司法行政部調司法人員訓練所受訓，以成績優良，結業時名列第一。外子捧著我那張編了第一號的結業證書，笑對我說：「這一次你總算如願以償。」我茫然地望著他，他解釋說：「因為『書記官』的名稱，聽起來好歹也像是個『官』吧。何況你又是第一名，證書是部級機關所頒，不等於中了女狀元嗎？」如此說來，我也算過了「官癮」了。

記得當時司法界前輩林紀東教授曾當面嘉勉我，勸我參加司法官考試，我卻以無信心也無興趣，辜負了他的好意。何況即使真的當上了司法官，威風如披大紅袍的女狀元，以我優柔寡斷，狠不起心腸的性格，恐怕當不了三天官，就要「解甲歸田」了。

所幸的是「中個女狀元」的童年美夢，使我永遠像伴隨在慈母身旁，兢兢業業地讀書、寫作。中不了「女狀元」，反倒「無官一身輕」呢！

——原載民國八十二年四月十八日《中央日報》副刊

輯二

此心春長滿

願天下眷屬都是有情人

人人都知道「願天下有情人都成眷屬」之句，是月老對世人姻緣撮合的一片好心。石家興先生，卻將此句顛倒修改一下，成為「願天下眷屬都是有情人」，實在是含義十二分深長，愈念愈有情味。因為「有情人」成眷屬不難，成了眷屬以後，要永遠保持「情人」心意，可不容易呢！

記得我們在大學畢業時，恩師賜贈我們同學，無論男女，同樣的對聯一副，那就是「要修到神仙眷屬，須做得柴米夫妻。」他說：「你們將來都要成家的，希望你們每位都有美滿家庭。所以現在先送你們每人一副對聯，記住這十四個字，深深體會，婚前不用說情深似海，婚後尤當義重如山。神仙眷屬是旖旎風光的理想，要使理想實現而持久，必須能過得同甘共苦的柴米夫妻生活。所以我認為不是『貧賤夫妻百事哀』，而是『恩愛夫妻萬事諧』。」

恩師的一席話，是金玉良言。可是時至今日，少男少女的離合，已成司空見慣的尋常事。月前與名學人費景漢博士一同參加座談，他勸今天的父母，不必為兒女婚姻擔憂操心，他們交友、試婚、同居、結婚、離婚，都由他們，不要拿中國的舊道德標準去衡量他們，更不必把這個包袱壓在自己心頭，徒然自苦。他說得淋漓痛快，我卻聽來如有所失。

中國的倫理道德觀念，固然有異於西方，在東西不同文化的衝擊之下，我們這些老一代的，身居海外，究竟是放棄舊道德觀念呢？還是盡全力維繫，以身作則，使下一代子女，多多少少能接受這種道德觀念呢？

因此我想起家興的巧思：「願天下眷屬都是有情人。」凡事以理說服人甚難，以情動之較易。「有情人」是多麼可愛的三個字，西方人著迷，東方人也喜歡。但要維持永久的「有情人」，必須有足夠的耐力，與對婚姻道德的正確價值觀念。

我們的母親輩常歎息：「一床兒女，抵不得半床夫。」、「年少夫妻老來伴」即使是「拌」嘴，也還是打不散、拆不散的老「伴」，所以讓我們再多多體會一下「願天下眷屬都是有情人」這句名言吧！

——原載民國七十六年一月十六日《中華日報》副刊

輕鬆的車禍

外子的一位年輕同事，出了一次小小的車禍。聽他說來，不但有驚無險，反而妙趣橫生。可是請千萬不要想像成電影上的「飛車驚豔」，或「公路奇遇」那般的旖旎風光，那只是一幕富於人情味的趣劇。

現在就以這位同事自己的口氣，記述如下：

我的車在自己社區的公路上行駛，正在換到右線減速打算轉彎時，後面一部車子撞了上來，力量並不大。我趕緊靠路邊停車，而後面的車竟繼續把我往前推，推了好遠才停下。我連忙下車到後面，很憎怒地要跟那人交涉。那人卻並不開門，我從車窗裡望進去，駕駛座上好像看不到人，方向盤後面，只見花花綠綠堆滿了包裹一類的東西。這就怪了，難道遇上「神仙家庭」中的人物了。我伸手敲了半天車門，車門開了，伸頭仔細一看，原來是大大小小一堆的靠墊，靠墊中間，鑲著一個乾癟老太太。她四平八穩地坐著，動也不動地兩眼瞪著我。我對她說：

「太太，你的車子撞上我的車子了。」

「啊！你說什麼？我聽不見。」

原來她是個聾子，我只好大聲地喊：「你的車撞上我的車子，還把它一直往前推。」

「什麼？前面出了車禍啦？怪不得我的車開不動了。」

「就是你的車撞了我的車，」我再捺著性子喊：「請你下車看一下，我後面的保險桿撞歪了。」

「我怎麼沒覺得呢？我只覺得我的車被前面堵住了。」她顫巍巍地把雙腳伸出車外，我扶著她下了車。她瘦小得像一隻風雞，怪不得非要用好多個靠墊把自己固定在駕駛座上。我又大聲地說：

「請你把駕駛執照拿出來給我看看好嗎？」

她哆嗦著雙手，打開提包，執照還沒找出來呢！說時遲，那時快，從靠墊堆裡忽然蹦出一隻哈巴狗，竄出車門，直向大路中間衝去。這可怎麼得了？社區公路雖不及高速公路車輛多，但小狗「橫行」大道，壓死了責任算誰的呢？我顧不得等她的執照，就飛奔去抓小狗，一面打招呼請後面來的車子減速慢行。追了半天，好容易才把牠捉住，抱回來交到老太太懷裡。哈巴狗活動了一下筋骨，高興地直舔牠的「祖母」。老太太摟著牠，直喊「啊！貝貝，貝貝。」我卻已汗流浹背，氣喘如牛。老太太爬進座位，打算關車門了。我又大聲喊：

「對不起，我還沒看你的駕駛執照呢！」

她把小狗放在右邊座位上，再慢慢打開皮包，抽出執照遞給我。我一看，她已高齡七十八，想想她偌大年紀，還能半聾半瞎地，帶著愛寵在馬路上驅車遨遊，我又何忍以保險桿的一點皮傷跟她打麻煩？說實在的，跟她交涉只有給自己找麻煩。我只好仔仔細細代她把五顏六色的大小靠墊，在她乾癟身軀四周塞好，讓她只露出一張臉可以看前面，一雙手可以把方向盤，再溫和地拍拍哈巴狗的頭，跟他們說珍重再見。

老太太這才轉臉問我：「你是日本人還是中國人？」

「我是中國人，從臺灣來的。」我越發大聲地說。她怎可以把我看成日本人呢？

「哦，從臺灣來的中國人。你真好，真熱心，謝謝你幫我抱回小狗。不然的話，我真不知怎麼辦，牠實在太頑皮了。但如果沒有牠陪我，我也沒意思出來玩兒了。」

她好像還要再叨叨地說下去，我實在沒心思與她再攀談了，就恭恭敬敬地給她關上車門，對她說：「祝你一路平安。」

目送她慢慢地開走以後，我回頭來摸摸自己被撞壞的保險桿，想想還真算幸運。若是撞上來的是一輛醉漢的飛車，我還能從容地下車，幫別人抓小狗嗎？

——原載民國七十六年一月《中華日報》副刊

「芬芳」的厄運

好友麗娜寄贈我一個香包。一拆封便聞到一縷芳香，心頭也頓感一陣溫暖。她信中說：「你仔細看看，香包裡的脫水花，和各種草葉，除了玫瑰花瓣以外，還有甘草、茴香、八角哩，可見中藥也很受西洋人歡迎，寄給你一包，也可慰你鄉愁。」

真感謝她這份芬芳的友情。我對著這些花葉，倒想起在大學時代，常愛採集各種鮮花嫩葉夾置書中，日久脫水後，將它們排成圖案，配上玻璃框，也另有一番留春的情致。為這些翠減紅消的花葉，我還作過一首詞，記得前半闋是：

縹囊也似藏春塢，紛紛斷紅無數。玉蕊斑斕，嬌姿瘦損，莫問春歸何處。

寒窗夜雨，欲喚起春魂，與他同住。十載天涯，也應諳盡飄零苦。……

那時年輕，不免「為賦新詞強說愁」，況又孤身負笈上海，更不免飄零之感。如今面對這一袋不再豔紅的花葉，仍保有雅淡芳香，及深悟花草對人間的貢獻，無分盛開或謝落。莫說被收在香囊裡，即使墜落塵土，化作春泥，還是把芬芳傳給它新發芽的嬌枝嫩葉。

原來草木也與人一般懂得薪火相傳呢。

麗娜知我愛此芬芳，不數日又寄我香精一小瓶，告知我何妨滴幾滴在室內草葉上，可使芬芳瀰漫全室。我就滴幾滴在那株只長葉子不開花的曇花葉和一株茂盛翠綠的萬年青上。外子下班回來，高興地說：「真有如入芝蘭之室。」

正得意呢，不到兩三天，我用噴壺噴水時卻發現滴過香精的曇花葉子已蜷曲枯黃，急忙將它齊根剪去。最慘的是萬年青，因我滴香精太接近頂端的中心，它竟然萎垂下來，莖部呈黑褐色，即將折斷。我慌了手腳，又不忍心將原是那麼壯健的頂端剪去，成了禿頭。只好用一根紅絲線將它挽住在另一根枝子上，再澆上清泉，希望命如游絲的嫩頂，能夠起死回生。奇怪的是以手指觸摸黑褐色之處，不但沒有腐爛惡臭，反而帶著比香精更清淡的芳香。黏在手指尖上久久不散。

我愣住了。奇妙的植物，它明明是拒絕了人工化學香料，對我這揠苗助長的愚蠢行為，提出嚴重抗議，居然從原本不香的葉根，且於垂垂欲絕之際，散發出異於尋常的清香，難道它是為了我對它的藐視，掙扎著表示它不可侵犯的尊嚴嗎？我愈看愈抱歉，愈不忍心它辛苦的掙扎。對它默默祝告，你可千萬不要斷，你要挺直起來，活下去，你本來深藏的香氣，一定會把這非我族類的氣味趕走的。

直到現在，我還不能確定它是否能度過我給它帶來的厄運，我想，嫩頂折斷墜落，新苗必將立刻上長，生機是永遠繼續下去的，因為生命比芳香更重要。

——原載民國七十六年元月二十八日《中國婦女》

世間燈

聖經哥林多後書裡有一段話：「燈塔不會說話，但它的光照耀。燈塔不擊鼓亦不敲鐘，然而在遙遠的海面，船員們看見它可親的閃爍。」

反覆地念著這一段話，想起三十多年前我去臺灣最南端的鵝鑾鼻參觀那座日夜亮著燈光的燈塔。感到閃爍的不只是燈，還有那位長年管理燈塔的中年人。

我問他：「大海茫茫，四顧無人，你不會感到寂寞嗎？」他笑笑說：「一點也不寂寞，一則是我愛清靜，二則是我覺得自己的心，由於燈塔放射的光，與海面的船隻緊緊聯繫在一起，一點也不孤單。」

他的話，給我很深的啟示。一個人若總是想到自己的處境，憐憫自己，就會有寂寞之感，若是將心開放出去，時刻關心別人，就不會感到寂寞了。

由於燈塔，使我想起佛經裡的「世間燈」。顧名思義，就可想像得到，世間燈一定是照耀人世的一盞明燈。此三字源出華嚴經普賢菩薩行願：「……一切如來與菩薩，所有功德皆隨喜。十方所有世間燈，最初成就菩提者……」我起初不懂，一位虔誠信佛的朋友，特地為我抄來南懷瑾先生的普賢行願品講錄中的解釋：「世間燈為人天眾生眼目，給人智慧光明的明師。他們明澈的心燈，照亮了世間的黑暗。故良師益友就是世間燈。一個有智慧的人，可以傳佛的心燈，不使滅絕。但世間燈不只是指傳佛法的，凡是有用的學問，抱持著益世與服務之心的，都是世間燈。」

我一位知己同學的女兒，年紀輕輕的，虔誠信佛，她孝順父母，友愛兄長姊妹，永遠以忘我精神，為全家負擔起沉重工作。她嫂嫂是位具高度智慧的賢德媳婦，她們姑嫂親如手足。做嫂嫂的告訴我：「四姑太好（她排行第四），我都要稱她四姑佛。四姑簡直是一盞世間燈。因為她永遠抱持著一顆為大家服務之心，她憂愁或快樂，都是因為大家，她是沒有自己的。」

一位嫂嫂，對姑姑有如此深切的了解，深厚的感情，令人感動。嫂嫂也是虔誠信佛的，共同的信仰與美的心靈使她們愈加相契相知了。對著她們，我真感到眼前一片光明，這正是世間燈的照耀吧！於是我也想起茫茫海上照明指引的燈塔，想起聖經中的話。佛教與基督教的最高境界，豈不是相通的嗎？

——原載民國七十七年二月《婦友》

學畫的故事

一直動念想學畫以娛老境，而苦於社區附近沒有步行可以到達的繪畫班，遠處雖有晚間的班級，卻必須依仗老伴開車送我去，看他下班回來已筋疲力竭，何忍再煩勞他呢？有一位畫家好友在她家附近教畫，她多次熱心地說親自來接我去再送我回來，那更是過意不去。每每抬頭欣賞壁間懸掛好友們的作品，那一份歆羨之情，油然不能自已，但學畫的心願，看來也只有臨淵羨魚的分兒了。

記得在臺北畫廊觀賞時，遇到自己喜愛的畫，總像別有會心，似曾相識之感，也立刻興起學畫的念頭。有一次遇到張佛千先生，與他談起想學畫的事，他說：「自己畫就是了，何必跟人學呢？欣賞欣賞書法，練練字，看看大自然的花木山水，就拿起筆來畫，畫成什麼樣都沒關係，自己遣興嘛，又不是想當畫家。」他的話頗有道理。

但我沒有這點自信心，就是動不了筆。想想畫畫也跟作詩一樣，「骨裡無詩莫浪吟」我是「骨裡無畫莫浪塗」。沒有這點天分，不必強求。

最近一連聽了幾位朋友學畫的故事，越發證實這話是不錯的。

有一位朋友，國畫已有相當基礎，她的興趣忽然轉向油畫。她生活悠閒，就正式從師學油畫（油畫的技法一定是非從師不可）。她悟性高，不數月便大有進境，在電話裡興致勃勃地對我說，她的每張畫都受到老師大大的誇讚，她的信心大增，興趣更濃，靈感充沛到眠食無心的著迷程度，對自己的每一張傑作都愈看愈滿意。愛護她的夫婿更是從旁鼓勵。他也在電話中告訴我太太學畫的沉醉快樂，使他們夫妻感情越發和諧，家庭幸福大增。要我去觀賞他們琳琅滿室的畫，我希望她能送我一張，而且要越快越好，因為等她成名以後，就不能請她送，要買卻又買不起了，他哈哈大笑。

他們的那份快樂也感染了我，我彷彿已在他家的畫廊，觀賞她的傑作了。

日前外子聽一位朋友暢談他學畫的事。他是新聞界老前輩，一手好文章不用說，書畫也有相當深的修養。因退休後閒來無事，就去學西畫。以他的深厚基礎與高度智慧，想來在學習的領悟中，一定是樂趣無窮的。沒想他竟在中途忽然放棄了。

原因是有一天他看到坐在他邊上一位大約十七、八歲的少女，那一枝揮灑自如的彩筆，簡直是神出鬼沒，剎那間，展現在他眼前的一幅素描，竟然驚得他目瞪口呆。他捫心自問，自己年逾花甲，比她大了好幾倍的年齡，要想達到她的境界恐已不可能，還學什麼呢？於是他就「急流勇退」了。

這位朋友的言談與文章都是極富幽默感的，相信他的放棄學畫，也是幽自己一默吧！他說畢卡索才十幾歲，有一天隨意畫了一雙靴子，就被所有的畫家驚歎為天才，以後再也沒有第二人能畫出同樣傳神的一雙靴子，可見藝術天才之難求。

但話又說回來，學畫並不求成畫家，只為陶冶性情，消愁解悶，在練習過程中，也自有無窮樂趣。就算把老虎畫成一隻狗，又有什麼不好呢？

因此，我對於學畫，仍舊是躍躍欲試，也許有一天，我會把一條狗畫成一頭老虎，豈不更妙呢？

——原載民國七十六年二月二十五日《中華日報》副刊

窗前小鳥

遠在澳洲的么乾女咪咪來信說，澳洲真個是四季如春，鳥語花香。她住的那一州還有 Garden State 之稱，花草種類之多，不勝枚舉。「鳥語」更是名副其實。最普通的一種鳥是鈴鳥（Bell Bird），叫起來的鈴鈴之音，十分迷人。另外就是澳洲人最引以自豪的笑鳥（Kookaburra）。漫步林中，隨處可以聽到，完全是人的笑聲，可是她聽起來有點像老巫婆的笑。我想想如果一個人在深林中聽到，一定不寒而慄。

這裡呢？時序雖已過了立春，仍舊冰雪未溶。但只要雪後初晴，陽光一普照，我就可從窗前看到外面，不時有小鳥飛來，棲息在欄杆上，報告你，春的消息已經近了。

每年春光明媚的日子，附近枝頭小鳥，都會飛到欄杆上、窗檯上，或是抓在光禿禿的木板牆壁上，似在和你打招呼，又似在尋尋覓覓，尋覓一處可以築巢的地方吧。因為我看見對面鄰居陽臺一邊的木板，有一個比酒杯口較大的洞穴，一隻小麻雀恰巧可以鑽進去。不一會兒，牠的同伴來了，察看地形認為此處可以築巢，於是兩隻麻雀就同心協力，輪流地啣著乾草小樹枝進入洞中。不久，又有第三隻麻雀來了，原先的兩隻之一，坐鎮洞口，使後來的無法進入，我守著窗兒，看得入神。想來這木板隔層裡間，一定相當開闊，何不開放門戶，與朋友共享層樓華宇之樂。可見小小動物，也有獨占既得利益的私心。

於是這小小的洞穴，每天都有許多麻雀飛來，艱難地抓在洞穴邊的木板上，向裡張望一陣又嗒然飛走，如此川流不息地飛來飛去，有的進洞又出來，有的懸在洞口，踟躕不去，我也分不清，哪一對是夫妻，哪一群是敵人，也不知原始發現洞穴而開始築巢的，是否已被鵲巢鳩占，因而糾眾飛回爭奪。總之，這方寸之地的洞口，爭奪戰顯得十分劇烈。倒是另外幾隻較大而有彩色羽毛的鳥，總是閒適地悠遊一陣就飛走，對於小麻雀們的棲棲遑遑，視若無睹。

有的美國家庭，在門前樹上掛一個現成的鳥巢，鳥兒們就會自動地進去做窩，主人也享受到「有鳳來儀」的歡樂。我每天看著這一批鳥兒的競逐，也深感天地間生機之旺盛。可惜那屋主忙於工作，每日早出晚歸，對自己陽臺上的一片熱鬧景象，漠不關心，倒讓我這個無業閒人享受了。

想起在故鄉時，大宅院的棟樑上，每年春天必定有燕子來做窩。那一對燕子呢喃細語的商量，實在動人心弦。母親時常尖起嘴唇，學著牠們的啁啾之音，細細軟軟地說：「不吃你家米，不吃你家鹽，只在你家做窩棟樑住。」我家鄉「住」字發「齊」字音，母親把聲音拉得好長，說得很快，很像燕子的鳴聲，非常有趣。

燕子於秋天飛走後，母親不許任何人將空巢搗毀，等候牠們明年再來。儘管再來的不是舊巢燕子，儘管詩人癡癡地問：「燕子來時，陌上相逢否?」舊主人一份盼待心情，是溫厚無邊的。

舉目望窗外築巢的小鳥，不由得墮入沉思。但願牠們也能如燕子似的啁啾呢喃，或是像澳洲鈴鳥，發出美妙的鈴鈴之音，催我神遊故國或遙遠的澳洲。

——原載民國七十六年三月九日《中華日報》副刊

最後的旅程

一位中學時代的同窗老友，丈夫因心臟病突發逝世。他們四十多年來鶼鰈情深，她不用說是悲痛逾恆。幸兒女們個個孝順，百般勸慰，她心情總算漸漸恢復過來。後來她寫了一封信給我，告訴我在生死永訣的沉痛中，她的掙扎，她的領悟。這一段心路歷程，確實是超越於一般強自節哀的心境之上的。

她告訴我說，有的朋友勸她不要悲傷，只當先生出遠門了，但出遠門總要回家的，他卻永不再回家。這樣一想，反使她更悲傷。有一次，她向一位會命相的朋友請教，這位朋友卻對她說：「你不必算命看相，這不能解除你心中的結，更不能減少你思念丈夫的悲痛。你只要換一個想法來想，你丈夫先回家了，他在家中等待你，你卻還在旅途中，工作未完畢，兒女們都希望與你同行一段路程，享受和慈母在一起的快樂，你怎麼可以丟下他們呢？何況你的心和丈夫的心是相通的，可以隨時與他交談，來去自如。你既可享受與兒女在一起的天倫之樂，又可有丈夫在心靈上作伴，你並不寂寞孤單，你應當快快樂樂與兒女同行，讓你丈夫放心啊！」

這一席話，陡然使她領悟。她立刻感到，她丈夫的思想、感情就在她心頭，他風趣的言談也就在她嘴中，他的笑容在兒女們的臉上展露。他對她無微不至的愛，都一一在孝順兒女們的行為中表現出來。她感到自己實在沒有什麼遺憾，實在應當好好享受最後這段旅程啊！

於是她寫信告訴我，要我放心，讀著信，我真是萬分感動。

——原載民國七十六年四月《婦友》

老當益壯

外子的一位同事桑立良女士，為人幹練爽朗。她每回和我們談起她的母親，滿腔的孺慕敬佩之情，溢於言表。

她的母親薩琳女士，今年已八十高齡，從最近的照片看來僅像是五十多歲；我們並不只驚奇她的駐顏有術，而是萬萬分敬佩她鍥而不捨、鑽研學問、專一的興趣與毅力。

薩女士一家於民國五十八年從臺灣來美定居。經過十餘年的艱苦奮鬥，待兒女成人婚嫁以後，她以悠閒之身，進入紐約市立大學史泰登島學院選修她所喜愛的藝術課程。她原已卒業於北平燕京大學外文系。只因亂離烽火中，學歷證件遺失，她不在乎學位，只就自己興趣在該學院心安理得地作個選修生。但因她成績實在太優異，該學院以有她這樣傑出的學生為榮，就要求她參加學歷檢定考試合格後，成了正式的藝術系學生。那時她是七十二歲，以一個早已大學畢業的學生，重新與十八、九歲的青年們同窗共讀，來拿第二次的學士學位。

四年後，她再度大學畢業了。最難得的是以全A的成績，獲得全美大學名人錄的榮譽。那時《紐約時報》曾對她作了特別報導，給我們華人增加無限光榮。

這位七六高齡的薩女士，並不以此為滿足，更進而進修碩士學位，並到該校曼哈登學院選修與藝術系有關課程。每星期二清晨，她五時半即起床，七時出門搭乘自史坦登島至曼哈登區的渡輪，再轉兩次地下車，到曼哈登學院上課。直到下午五時，才結束一天課程，滿懷歡樂地回到家中。她興趣至廣，不但對國畫有極深造詣，對於攝影、現代版畫、銅版印刷等藝術均有濃厚興趣與涉獵，也經常應邀在各地藝術中心表演畫國畫。

今年三月十八日，史泰登島學院頒發一九八八年名人獎給該校的八位校友，最突出的受獎人，就是八十高齡的華裔碩士薩琳女士。

她告訴朋友們說，她年輕時代，因受傳統禮教的約束，非常拘謹。經過了幾十年的生活磨練，尤其在八、九年來的進修過程中，她覺得自己脫胎換骨似地成了另一個女性，不再羞於表達自我了。她興致勃勃地說，完成碩士學位以後，她將更上層樓，朝博士學位邁進呢！

——民國七十六年四月

第一枝春花

今天（五月六日）是立夏，本月的最後一天將是端午節，時序已正式進入夏季。遙想國內，莫說陽明山的花季早過，連市區有些大道邊火炬般的木棉花，一定都已帶著春天歸去了。

但美國東部的冬天好長，春天也遲遲才來臨。現在正是櫻花、杜鵑、狗木花、鬱金香等，先後搶著開放。早晚散步時，滿眼的姹紫嫣紅，真個是賞心悅目。

大家都知道，報春訊的第一枝花是迎春花。其實不是花，而是鵝黃色，細細的葉子，鑲在吐新芽的長綠冬青樹裡。滿佈在家家院落，行人道邊，那一片天然的織錦，蓬勃地向人撲面而來，把料峭春寒驅走了。

我欣賞的不只是迎春花，卻是比迎春花更早的花，那就是幾位白髮老年人，穿著金紅背心，於殘雪未溶的清晨，站在車輛頻繁的街頭，為學童指揮交通。他們是為社區服務的志願軍，他們的熱心、恆心與不畏寒冷的精神，令人欽佩。

有一次，我邊走邊看一位挺直著腰背的白髮老婦人，指揮若定的神情，不由得腳下不小心，在人行道轉角處踩了個空，差點跌倒。她上前一把扶住我，笑容滿面地說：「小心走路喲。」她彷彿把我這個年齡與她不相上下的人，也當成了年幼的學童。我真是既慚愧又感激。仔細看她白裡透紅的雙頰，映著晨暉，格外的神采奕奕，忍不住對她說：

「你好美麗啊！」

她立刻高興起來，緊緊拉住我的手說：「謝謝你，真高興聽你這麼說。我也一直覺得自己很年輕。」她又指指另一街角站著的一位老先生說：「看，他就是我的丈夫。雪一融，春天一來，我們就忙著要出來做點事。雪真把人封得喘不過氣來了。我們的兒女說天太冷了，怕我們在外面會凍僵，我們倒覺得心裡暖烘烘的，看這些活潑的孩子，蹦蹦跳跳地過街，跟他們一起，怎麼會凍僵呢？」

我呆呆地聽著，呆呆地望著她健康歡樂的容顏，心頭一陣暖和，本來縮著的脖子立刻伸直起來。與她揮手道別，踩著輕快的步子，回到家中，立刻在記事本裡寫下五個字：「第一枝春花。」

——原載民國七十六年五月二十五日《中華日報》副刊

念蟋蟀

住在紐約蘇荷區的一位畫家朋友，養了一隻蟋蟀。他用一缽鬆鬆的泥土，一張小小的瓦片，幾株綠綠的細草，為牠蓋起一幢幽靜寬敞的庭院。

「蟋蟀是從哪兒來的呢？」我問他。他說：「是隔壁的破房子被拆除了，牠無處安身，就從牆壁縫中爬過來了。」

屋外冷雨淒風，成千成萬的蟲兒凍餒而死，幸運的蟋蟀卻找到了仁慈的主人，溫暖的家。在自由天地裡，蟋蟀溫飽之餘，就放聲歌唱起來，為重生歌唱，也為感恩歌唱。畫家深夜作畫時，牠唱得更起勁。他高興起來，就把牠的歌唱錄了音。

有一天，我去看這位朋友，屋子裡高朋滿座，談笑風生，我走到蟋蟀的庭院邊去輕敲瓦背，低聲叫牠：「蟋蟀，你出來呀。」牠把頭伸出來張望一下，馬上縮回去了。牠只躲在屋子裡諦聽。客散後，我們只三個人促膝談心，蟋蟀忽然唱起來了。

回來後，我一直掛念蟋蟀，打電話問朋友，他說：「不行嘍，牠斷了一條腿，這是自然現象，蟋蟀生命很短促。」他心裡很難過，我勸他再養一隻，他說：「到哪兒去找呢，這也要憑緣分的呀。」

我們彼此都黯然神傷。

但我一直都記掛著那隻斷了腿的蟋蟀，想想恆河沙數的蟋蟀，在一萬分之一秒中生生死死，我為何老是忘不了牠呢？只因我曾經見過牠，與牠有點頭之交，也只因我聽過牠午夜的歌聲。

還有，只因我幼年時，我的哥哥愛捉蟋蟀，我們兄妹在小小的書房裡，邊讀書，邊聽蟋蟀唱歌。

那歌兒就跟這隻蟋蟀唱的一模一樣。

光陰已逝去半個多世紀，蟋蟀的歌聲是永恆不變的。

但是這隻蟋蟀，卻終究消逝了。幸運的是我那位朋友用錄音帶留下牠的歌聲。深夜他作畫時，蟋蟀的歌聲一直伴著他，唧唧唧唧……

——原載民國七十六年七月九日《世界日報》

十步芳草

晨間散步，正逢垃圾車隆隆而過。我就在遠處停步，看幾個黑白工人，快速地將人行道邊的垃圾桶往車後大口裡傾倒，把桶子橫七豎八地扔在路邊，就登車揚長而去。一個老人從屋裡出來，把一家家的垃圾桶扶起擺正，抬頭看見我，搖搖頭說：「這些年輕人，做事粗心大意。你看這些桶子，一個個都被他們扔破了。」我向他微笑說：「你真好，肯照顧鄰居。」他問我是不是中國人，我告訴他，我是從臺灣來的。他一拍手說：「對了，我去過臺灣，那兒的垃圾車有叮叮噹噹的音樂鈴，大家一聽到鈴聲就把垃圾送出來，妙極了。你知道嗎？我年輕時也當過清道夫，就沒這樣方便的車子，但也沒有像他們這樣亂扔垃圾桶。」說著就呵呵地笑起來。我非常感動的是他一點也沒有隱諱自己當年的工作，而且頗以自己的能盡職責為榮。

他又指著自己門前的草地說：「我很生氣的是有時還要清除草地邊上狗的糞便。許多人都無視於『請把狗拴住』的牌子。」說著他連連搖頭。

美國人很在意屋前庭院的美觀整潔，大部分人家都是花木扶疏，群芳爭豔。但有時不小心也會在人行道邊踩到糞便。真是十步之內，必有芳草；芳草之內，偶有狗屎。不但狗屎，還有菸蒂、糖果紙屑，可見美國年輕人的公民道德已遠不如前了。

但無論如何，能與這位老人話今昔，而且以後每次見到都點頭為禮，互道早安，亦未始不是「十步芳草」的欣然呢？

——原載民國七十六年七月十五日《中華日報》副刊

若要足時今已足

辛棄疾有兩句詞：「若要足時今已足，以為未足何時足？」短短十四個字，說得非常透徹。俗語說：「人比人，氣死人」、「這山望得那山高」，不能滿足，就永遠沒有快樂。

孔子說：「居富貴，安於富貴。居貧賤，安於貧賤。」能做到這個「安」字最最不容易。孔子並不鼓勵世人非要居陋巷，簞食瓢飲以表示清高。他也贊成人們能安享富貴，只要是循正當途徑努力獲得的。他卻不贊成強求。強求來的富貴，必然患得患失，錢多了還求再多，位高了還想再高。如此則當然不會安心，所以他的教誨著重在一個「安」字。

至於居貧賤，尤其難「安」，眼看別人錦衣玉食，高樓大廈，自己何以陷於窮困。眼看別人官居要津，自己何以鬱鬱沉下僚。若不能反躬自省，自己必有不如人之處，而只是心懷怨懟與嫉妒，這顆心就不會安，不安就容易走上邪辟之途。或作奸犯科，無所不為了。

我如此沉思著，身子靠在從臺灣帶來的一口五斗櫃邊，感到它是那麼的紮實，又是那麼的親切。因為它與我們相依了足足三十六年。在這段漫長的歲月裡，我們有憂患也有歡樂，有挫折也有鼓舞。患難與共的五斗櫃應該都知道的。它抽屜的一角，到現在還一直擺著一個小餅乾盒。那是我們過去儲蓄每個月辛勤所得積餘的「保險箱」。我也捧了它三十六年，捨不得丟棄。如今用它收藏各地好友寄來的紀念品，這一份情誼遠勝於珠寶金玉。

五斗櫃雖已陳舊褪色，但木料極好，是我們剛成家時傾囊倒篋所購最豪華的家具。我們前後搬了七次家，它永遠伴隨我，在臥室與我默默相對。以美國人看來，它是丟在馬路邊都沒人撿的，但我卻十分寶愛它，不只因為它的堅實耐用，更是因它會時時提醒我那一段艱苦奮鬥的歷程。

美國人喜新厭舊，幾乎搬一次家，扔一次家具，或是「低價賤賣」。外子說：「真想買一套新沙發與桌椅，把這些舊兮兮的一起扔掉，表現一下『豪華』」。我大為生氣地說：「你忘了這套沙發是我們當年考慮多久才狠下心買的嗎？那一份『豪華』的感覺，正和買五斗櫃時一樣，至今永在心頭。我已感到很滿足，一點也沒有換新家具的奢望。」他搖搖頭說：「你太落伍了。我們已偌大年紀了，何不享受一下呢？」我說：「享受是沒有底的，知足常樂啊！」於是我又念了一遍：「若要足時今已足，以為未足何時足。」他默然了。

——原載民國七十六年七月二十七日《世界日報》

六十分

最近讀到一篇文章，作者是從事教學與青少年輔導工作的老師。他勸世間父母對子女，師長對學生，在課業上的要求千萬不可太嚴。要緊的是對他們成長中身心健康的關注，多體諒，少責罰；多親近，少訓話。他從國中教到高中、高職，從沒有記過學生一次過。使我非常感動。

回想我自己在初中時，最怕的是時常斥責我不會投球不會跑步的體育老師；罵我不會彈琴、不會唱歌的音樂老師，他們使我感到自己的低能。全賴慈愛的英文老師與級任導師，恢復我的信心與自尊心。

記得我初一上學期的英文成績常常只有三、四十分，老師仔細改了我的錯誤，卻從來沒有責備我。有一次居然得了六十分，老師在發還考卷時，特別喊我的名字，讚許我進步很多了。我羞得把頭低下去，心中卻萬分感謝老師的鼓勵。從那以後，我漸漸進步到七十分、八十分，甚至九十分以上。但我心中常懷謙卑之念，因為我永遠記得，我是從三十分、四十分漸漸進步上來的，六十分是我第一次的榮譽分數。老師曾教我們一句很普通的美國格言說To love one is to give him room enough to grow，她耐心又寬容，使我們在她的愛裡，一天天長大、懂事，邁向正確的人生前程。

自我也為人師以後，總時時以恩師的教導為念，在大陸時，我從小學五年級教到初中、高中，也從未記過學生一次過。直到今天，還有當年我班上初中的學生，如今已是大學教授的，從異國寄來書信與照片，對我說：「老師，我好想念你。」這一份安慰是無可名狀的，我內心感謝的仍是啟迪我薰陶我的老師，與慈愛的雙親。

紀伯倫有一段勸為人父母的話說：

孩子們來自你的身體，但是並不屬於你。你可以給他們愛，但不能塑造他們的思想，你有若弓弦，給予拔張待發的箭頭一個穩定的基地。讓他們的張力彎曲著你的弓弦。他們雖然飛翔了，也將永遠愛著那使他們產生力量的弓弦。

真是哲人的至理名言，做父母的，做老師的，都值得深深體味。

聖經上也有幾句箴言說：

小提琴的琴弦如不拉緊，就奏不出音樂來。但神並不把我們的心弦拉得太緊，祂知道怎樣才能奏出美妙的音調來。

為人父母、為人師者，在心中都會有一位自我控制的神。指示引導我們化惱怒、緊張為安詳慈愛。能如此，孩子們就有福了，因為他們只有一個童年。

所以，讓我們也從六十分做起吧！

——原載民國七十六年八月一日《婦友》

小茶匙

為了尋找失蹤的小茶匙，我整個上午失魂落魄，讀書寫稿都無心情。最後想起，必定是我將它混在西瓜皮一起倒進垃圾袋，拎出去丟入遠處的大垃圾箱裡了。正想到時，耳聽垃圾車已隆隆而至，便三步兩腳趕出去，硬是踮起腳尖把頭一晚丟進去的一個塑膠袋提了回來。

站在門口抽菸的鄰居老先生，看得一楞一楞的，怎麼我會把垃圾從外面提回來呢。我只好很難為情地向他說明：「這是我自己丟出去的垃圾袋，裡面並沒有黃金美鈔，而是可能有一件心愛的紀念品，我非得徹底找一下才甘心。」他立刻點頭說：「當然、當然，希望你能找到。我也常做這種糊塗事。」老先生真是解人。

我把袋子解開，戴上橡皮手套，把裡面的瓜皮果屑、雞皮肉骨，一一抓出來，滿鼻子的酸臭，卻是滿懷的希望。果然，噹的一聲，小茶匙掉出來了。那一剎那，我真如中了頭獎，那份失而復得的欣慰是無言語可以形容的。

小茶匙，不是金的，也不是銀的，更不是水晶的，它只是一把不鏽鋼的細細小小的茶匙，形狀有點像耳挖子，很玲瓏可愛，老伴每天早上塗梅醬總要用它。每回都要問「我的耳挖子呢？」我也總說那是我的耳挖子。

其實這把小茶匙既不是他的，也不是我的，而是兒子在嬰兒時用以調奶粉，給他餵奶糕的。其歷史之悠久，正與兒子同歲，已經三十一年了。無論什麼東西，經你親手摸了三十一年，用了三十一年，還能對它不愛惜嗎？何況在這把小茶匙上，印有兒子從牙牙學語的嬰兒，一天天成長茁壯的痕迹呢？

記得他逐漸長大能自己挖飯吃時，小胖子總是捏著這把小茶匙，挑得滿滿的爛糊飯，嘴巴張得大大地往裡送。我們唯恐他吃太多，搶下他的茶匙，他就哭著喊「我還要，我還要。」最後只好把飯碗端開，讓他捏著小茶匙玩，他也就忘了吃飯的事了。

小茶匙有這樣珍貴的紀念價值，我們怎能不愛惜呢？因此幾十年來，總是仔細地保存，仔細地用著。現在兒子已成家，每回與媳婦來時，我總要問他，要不要喝咖啡，他搖搖頭說是要喝茶，於是小茶匙就無用武之地了。我為他拌了水果乳酪他也不碰，只有巧克力冰淇淋他愛吃，就用的這把小茶匙。我一邊看他一匙匙地吃，一邊笑著告訴他小時候貪嘴，張開大口吃雞蛋菠菜泥拌爛糊飯的事。他一聽，皺起眉頭說：「好難吃喲！」其實他那裡記得？那時他卻吃得津津有味呢。

吃完了冰淇淋，他把小茶匙不經意地往盤子裡一放，站起身來就說：「我要走了。」

他們來去匆匆，要走是留不住的。在陽臺上目送他們的車子遠去。回屋子把小茶匙收到水槽沖洗乾淨，看它仍是那麼閃閃發光。兒子長大成人了，他用過、玩兒過的小茶匙嶄新依舊，它一直伴隨我們，我們就很安慰了。

所以，小茶匙一時丟失，我怎能不找呢？找到了，怎能不高興呢？

——原載民國七十六年十月《婦友》

第一

最近遊覽了美國最富有卻是最小的一州——羅德島。車子一進此州，必須減速至每小時四十五英里。因為如此小面積的旅遊勝地，怎可一晃眼就過去而不慢慢駛行、慢慢欣賞呢？但許多遊客不知道這個限制時速的規定，因此常常有人因超速被罰款，使羅德島給遊客留下格外深刻的印象，它的名氣也就愈大了。

其實羅德島之聞名，只是由於它的財富。我們參觀了一幢最古典最傳統的豪華大廈。全部大理石建築，屋主為了每種材料，每一設計，都要爭取世界第一。他費盡心機，必須達到這個目的。連古代義大利的皇宮，他都寧可耗巨資買下來，然後將其中每一扇門，每一塊材料，都照原樣仿製完成之後，再將皇宮拆毀，以滿足他比皇宮更豪華，天下獨一無二的慾望。

有一間屋子的天花板所鑄的圓形大理石，是採自全世界所有大理石名產地，其中有一塊就是中國雲南的大理石。另有一根柱子，是全世界色澤最美的大理石。全幢屋子，幾乎每樣都是第一，包括餐廳裡那個橢圓形拌沙拉的大盤子，現在已經變成五彩繽紛的花盆了。

儘管屋子樣樣都得到了第一，屋主卻只活到五十多歲就去世了。只有生與死，他無法控制，無法以金錢買到壽命，使自己成為世上最長壽的人，而爭取到第一。

上天究竟是公平的，無貴無賤，同為枯骨。他如幽靈有知，來看看自己生前的豪華宅第，不知有何感想？

——原載民國七十六年十一月十一日《中華日報》副刊

老師不要哭

我有很多很多漂亮的聖誕卡，用一個盒子裝起來，每年聖誕節前，都拿出來一張張慢慢兒欣賞；慢慢兒回味。朋友們知道我愛貓，多半送我貓卡片。張張都好可愛。看著看著，心中總會浮起另一張貓的照片，卻因幾十年的轉徙搬遷，這張照片再也找不到了。

照片上是一隻母貓蹲在地上，安詳滿足地看著牠的兩隻小貓在盤子裡舔牛奶，背面是端端正正的童體字，寫著：「老師，我好喜歡這張照片，把它送給您。兩隻小貓，有一隻是隔壁的，牠沒有媽媽了，我的母貓好疼牠。」

這個小男孩是我四十多年前的小學學生，他叫林小傑，是一個胖嘟嘟的可愛小男孩。那時我大學剛畢業，太平洋戰事爆發，我在上海回不了故鄉，就在一個教會中學的附小當代課老師，教五年級英文兼級任導師。我沒有受過師範教育，只憑自己當年在初中時，級任導師對我們的百般愛護的記憶，體會著照顧這批天真無邪的孩子，沒想到他們都好喜歡我。聖誕前夕，我一進課堂，小朋友一個個手裡高舉賀卡，一擁而前，齊聲喊：「老師聖誕快樂，老師先拿我的卡片。」我感動得不知先接誰的才好。他們有的鑽進我懷裡，有的拉住我的手。我親親這個，抱抱那個，我擁有了太多的愛，一顆心脹得好飽滿。

晚上在燈下，我拿著卡片，一張張看，一張張讀背面的字。那一群純真的孩子啊！他們對我的愛，都表現在一筆一畫端端正正用心寫出的簡單句子裡了。

其中就有我上述的那一張。那不是現成的賀卡，而是一張照片，是林小傑送的。

第二天，我包了一包包小禮物，分給每個小朋友。當我遞給林小傑時，他悄聲問我：「老師，您喜歡那張照片嗎？那張母親陪著小寶寶喝牛奶的照片。」我立刻回答：「好喜歡啊，真謝謝你。」他說：「那張底片找不到了。哥哥有點捨不得。媽媽說：老師這麼愛你，你送給老師吧！我就送您了。」

我把他摟在懷中，不知怎的，淚水忍不住撲簌簌落下來。他吃驚地問：「老師為什麼哭呀？」我說：「聽你說媽媽，老師也好想念媽媽啊！可是一時回不了家鄉。」

他也緊緊把我抱住，半晌，抬起頭來望著我，一雙大眼睛也是淚水汪汪的。他用小手摸摸我的臉頰，把我的眼淚抹去了。慢慢兒一個字一個字地說：「老師不要哭，我的媽媽分一半給您好嗎？您看照片上的母貓，不是也分一半給隔壁的小貓嗎？」他是這般的細心、善體人意，我真感動得說不出一句話來，只是摟得他更緊些，眼淚仍是止不住地流。

時間已匆匆飛逝了四十多年。林小傑，那個十歲小男孩如今也已是五十多的中年人了。不知道他現在究竟在那裡？這麼多年的動亂苦難，他是否都安然度過了呢？無論他在天涯海角，願上蒼保佑這位願意把媽媽分一半給我的好心孩子，祝他平安無恙。

在我心中，他永遠是那麼一個胖嘟嘟的可愛小男孩。

——原載民國七十六年十二月聖誕前夕《中華日報》家庭生活版

「勞健險啊！」

我家鄉有句土話叫做「勞健」。凡是別人關心地問你身體好嗎？總是謙虛地回答：「勞健、勞健。」卻並不說：「託福、託福。」

仔細想想，非常合理。因為勤勞者必定健康。這是全靠自己的，別人何能賜福給你？你又何能託別人之福而獲得健康呢？

記得童年時代，常聽親友們誇讚七十多高齡的外公身體好，外公就摸著白鬍鬚得意地說：「我吃山薯絲、挑重擔走山路，勞健險啊！」我也學著外公的口氣說：「我也勞健險，媽媽也勞健險啊。」「險」就是「非常非常」的意思，也是我家鄉土話。

外公呵呵地笑了，媽媽卻笑罵我道：「你是茶來伸手、飯來張口的懶丫頭，勞什麼呀？」外公抱我到懷裡說：「聽見沒有？要幫媽媽做事，身體才會健康。要勞險

「勞健險啊！」

勞，就會健康險哪。」

所以「勞健」二字，我總是牢牢記得。也非常敬佩母親是位很勞健的女人。

有一次，在城裡念女子師範的四姑回鄉下來，對母親講女權運動的意義。母親邊炒菜邊揮著另一隻手說：「看我的大拳頭多有力氣？山薯拎好幾斤，磨都推得動。還要你們新式的『拳』作什麼？」四姑解釋說：「不是你這個拳頭的拳啦，是一種婦女運動的女權啦！」母親越發格格地笑起來：「我一天到晚裡裡外外地忙，還不夠『運動』呀？」

我也急著幫四姑說：「不是你這個運動，是男女平等的運動呀！」母親有點生氣了，她說：「平等平等，若是我們一雙小腳去田裡拔草，叫他們長工來煮飯，你們都要餓死了。」

母親的歪道理解釋，說得四姑啞口無言。母親還悄悄地對我說：「看你四姑讀了幾句書，人越來越斯文，卻是一來就傷風咳嗽，兩來就停食，都是因為不運動呀。」她已經會用「運動」的新式字眼了。

說得也真是呢！母親由於一年到頭的勤勞，很少生病。如今時代不同了。富裕的生活，方便的電氣設備，家庭主婦再不需要勞動，而且認為勞動並不等於運動，勞動是體力的辛勞與消耗，運動卻是有規律的每日課題。有種種方式，種種名稱，如八段錦、外丹功、太極拳、禽舞、劍舞、狄斯可等等。如能持之以恆，都可增進健康。

但我始終不能忘記外公得意的自誇：「我勞健險啊！」因為我相信他老人家的「勞」，不僅是體力，而是包含一切的勞。四肢勤勞，體力不會退化，腦子勤勞，記憶力、思考力不會退化，那麼心靈勤勞，靈感就會充沛。

所以我還是時時念著「勞健」二字，念著外公與母親的教誨。但願能以習勞而保持健康，卻不應想託任何人的福，這也可說是自求多福吧！

——原載民國七十六年十二月《婦友》

靈犀一點

深秋的陽光照得屋子暖烘烘的，我滿心愉悅地搖開玻璃窗戶，讓輕柔的微風也隨著陽光一同進來，給自己享受一個寧靜的下午。

回頭卻見一隻蜜蜂惶惶然撲向窗戶，可是隔著一層窗紗，牠飛不出去。再起飛盤旋一陣，又撲向窗紗，仍舊飛不出去。我看著好不忍心，生怕牠幾次三番的碰撞，必然會昏倒而死去。屋內空間雖大，但這小小的生命，要的是更多的自由。只是因我不慎沒關好陽臺的落地門，牠一時好奇，錯誤地投入羅網。我對牠感到好抱歉，卻又無法引導牠飛出去。

外子看我徬徨的樣子，提醒我說，拿一張紙靠近紗窗，牠也許會爬到紙上來，再輕輕包了把牠放到外面去。我說：「牠那裡會這麼聽話呢？」他說：「你忘了嗎？那次我們陪朋友參觀西點軍校，坐在校園的石凳上，有兩隻蜜蜂一直繞著你飛，你不是把牠們放到遠遠的矮牆外嗎？」

對呀！那時大家都擔心牠們會刺傷我。我卻穩定地想：不會的，我不動絲毫撲殺牠們的念頭，牠們一定不會因自衛而刺傷我的。於是我舉起手臂，嘴裡輕聲念著：「蜜蜂蜜蜂，停到我手背上來吧！我把你送到廣闊的矮牆外去。」一念著念著，兩隻蜜蜂真的都先後停到我手背上來了。我有信心地，慢慢走到牆邊，牠們冉冉地飛走了。

當時心頭的喜悅，是難以言喻的。那兩隻蜜蜂，確實是那般的解人意，直到現在，我仍然記得牠們在我手背上爬行時癢酥酥的感覺哩！牠們的姿態，是那般的美麗。怪不得日本一位高僧說：「不要去拍打蒼蠅啊，牠正在搓著腳、搓著手呢。」真個是萬物靜觀皆自得，你怎忍心殘酷地剝奪牠們的生命與自由呢？

我一高興，馬上拿了一張軟軟的白紙，靠著紗窗蜜蜂停留的地方，低聲說：「蜜蜂蜜蜂，到紙上來，我送你出去。」一誰知說時遲，那時快，牠並沒爬到紙上，卻一下子飛起來，停到我大拇指上，又是那股癢酥酥的感覺。我真是喜出望外，驚奇於自己竟然有一隻魔手呢。它雖不能降龍伏虎，卻會逗來小小飛蟲。我定定地舉著手，緩緩地走到陽臺上，在亮麗的陽光下，蜜蜂悠悠飛起，是那麼的安詳又自得。

聽來好像是不可能的事吧！但，兩次都是千真萬確的事實，沒有絲毫的渲染。我怎麼可以憑空編造故事以博取讀者的歡心呢？

其實這不是什麼奇蹟，道理很普通，就是人與天地萬物，原都應有靈犀一點的溝通。對有生命的東西，時時存憐惜心、生喜愛心。草木將因而欣欣向榮，蟲魚鳥獸亦不會對你由畏懼而起傷害心。所謂與草木通情愫，與蟲鳥共哀樂。於是鳥飛魚躍，各得其所，天地間呈現一片片祥和氣象。這是多麼美好、多麼令人嚮往的境界啊！這不是迷信，這也許正是佛家「菩提淨土」的境界吧！

由於感念於兩次「靈犀一點」的情景，我願誠誠實實地記載下來，將無邊的歡樂，與大家共享。

——原載民國七十七年元月《幼獅少年》

電腦與人腦

有一回我們過白石橋去法拉盛，走的是機器收費口。碰巧機器失靈，管理員偏又久久不來，後面車子窮按喇叭，緊張了大半天。從那以後，我們過那條橋一定選人工收費出口，而且肯定地認為，人腦勝過電腦。

因為後來又有一次，我們付錢時，收費員看了一下，撿出一枚錢幣說：「這不是我們國家的錢。」我一看，原來我把從臺灣帶來留作紀念的五元當作美國的五分錢了，連忙向他道歉。換了錢以後，順便問他願不願意收下這枚錢幣當紀念品，他說：「好啊！」就笑嘻嘻地收下了。我對外子說：「可不是電腦不及人腦嗎？是電腦的話，只會攔住你不讓過去。仍得靠人來找出問題何在。是人就會笑嘻嘻地和你說話。」

電腦與人腦

現在一切都電腦化，人類的生活簡直可用按鈕來形容。主婦們的家務全賴電腦，只要一按鈕，萬事俱備。而且電腦可以陪你下棋、打牌、吟詩、對談。但試問對著機器人有骨無肉的臉，碰到它冷冰冰的手，生活還有什麼情趣？我想家庭電腦更發達普遍以後，人的臉也一定變得跟機器人一樣，毫無表情了。

許多人看我爬格辛苦，勸我何不練習用電腦寫作。這對我這個死腦筋的人來說，是不可思議的事。試想面對一架機器的螢光幕，雙手按鈕，美感從何而來？已經有一兩位朋友用電腦打字給我寫信，字跡固然清晰，可是那龍飛鳳舞的筆跡何在呢？許多學術文章固可由資料組合，一按鈕便滔滔而出。但抒情記感之文，也用現成資料，分類組合的話，人類盪氣迴腸的感情，還值一文錢嗎？

就算電腦萬能，但有些事，按了「電鈕」，仍非「人鈕」幫忙不可。比如洗衣機吧，你能按一個什麼鈕，命令它在領子與袖口多洗幾下嗎？還不是得用手先漬洗潔精，或在二處搓幾下嗎？可見雙手是萬能的，人腦是隨機應變的。

記得有個笑話，一位牧師正在講道，忽然狂風暴雨，雷電交加，聽眾有點騷動。牧師說：「各位請安心，這座教堂是有避雷針設備的。」一位聽道者問：「您說萬能的上帝會消除一切災難，為什麼還要靠避雷針呢？」牧師笑笑說：「你應當知道，人類發明避雷針的智慧，就是全能的上帝賜予的恩典。」

且不論有沒有全能的上帝，至少這個故事可以證明，人腦遠勝電腦。

當然，這都是我頑固又愚蠢的想法。也不知那一天，科學家會把我這個「今之古人」現代化起來。

——原載民國七十七年二月五日《臺灣日報》

梯

每在跨樓梯時，常常會浮現一幕記憶：

我在臺北任公職時，初期尚無交通車，下班後都在附近等公車。常見一位中年男士，也站在一邊等車，但車到站開啟車門，他卻又踟躕不前。有兩次都是跨上去又立刻退了下來，棲棲遑遑地站在那兒，望著車子，直到人都上完了，他仍然不走。我猜想他一定是等的人未到，或是丟失了什麼東西。

因我經常搭這一路車跟服務小姐都熟了。她有一次問我：「你認識那個人嗎？」

我搖搖頭：「看見過好多次，可能就在同一個大樓裡工作，卻不知是那個單位。」

「他有神經病吧！每回我一開車門，他好像急著想跨上來，卻又不想上，好幾次都跨上了又退下去。我若是看見他一個人站在那兒時，就不開車門，他反倒笑了。你說他是不是有神經病呢？」

我不願隨便論斷一個人，但心裡也有點奇怪他的進退維谷，究竟是什麼道理。直到有一天正好與他在大樓的正中大樓梯邊相遇，他朝我點點頭，看去神情完全正常，然後我們一前一後的跨上樓梯。誰知他竟跨上三步，退下兩步，再跨上三步，又退下兩步，弄得我只好站到一邊。呆呆地看他上上下下地一直走完樓梯。

到辦公室後，我忍不住問一位女同事可曾見過這個人。她說：「你不知道呀，他是位很有學問，又有操守的好法官。而且還在各大學當教授呢，他走樓梯時就是這麼三進兩退的，大家見慣了也就不奇怪了。你是來此不久，還不知道他的事。」

「究竟是怎麼回事呀？」我越加好奇了。

「說來真是段酸辛的經歷。在撤離大陸來臺之時，公家只分配給他一張飛機票，他與妻子及一個襁褓中的幼兒就不能一同上飛機，時間已極迫促，他們夫妻難捨難分。妻子深明大義，一定要他快上飛機，不必管她。他卻寧願與妻子相守，不願上去，所以上了飛機又下來，如此連著數次，最後他想下時，扶梯已抽走，機門已關閉，他在窗洞中望著妻子，淚水潸潸而下，他們就此分別了，這一別就斷了音訊。因此在他腦海中留下一個拂不去的深刻印象，就是一段扶梯的上上下下，精神上受了極大的刺激。從此以後，一遇到跨樓梯，他就會進進退退的踟躕不前。」

從那以後，我每回看見他走樓梯，總盡量讓開，為的是不忍心看他一臉茫然的神情。

時隔三十六、七年，世事的轉變真非人始料所能及。如今國內正在掀起一股回大陸探親熱潮。這位先生如果也回去探望妻子的話，機門啟處，夫妻兒女的闊別重逢會是什麼情景，彼此都已白髮蒼顏，幾十年的辛酸如何訴說呢？是誰造成這一幕悲喜劇的呢？

讀了許多探親的文章，也耳聞很多人回來後口述的感想。對我這個無親可探者而言，心頭只有一片空茫之感。

誰不懷念故鄉？但我不想回去。長輩早逝。老屋都已拆除，回去反成無家可歸之人了，我真的不想回去探望啊！

——原載民國七十七年三月《婦友》

「你看到過我嗎？」

在信箱裡，幾乎每天都要捧出一大堆印刷精美、推銷廉價品的廣告，美國人所謂的垃圾郵件。其中常常有一張像信封那麼大小的紙片，印著幾個醒目的黑體字：「你看到過我嗎？」（Have you seen me?）那是一張尋人啟事，黑體字下記明身高、體重、面貌、膚色、年齡——等等，希望如有仁人君子發現，請儘快通知家屬或警察機關。有的孩子已丟失好幾年，而父母仍在苦苦追尋，於是在啟事上加畫了想像中那孩子長大點以後的形貌。其用心之苦，思念兒女之切，可以想見。

我每次拿起這些啟事時，總是呆呆地看上好半天，想像著丟失孩子的父母，是在怎樣憂焦中度日。人海茫茫，教人從何處去找尋。是否能由於這樣的方式，真個發現了孩子，得以合浦珠還呢？恐怕太渺茫吧！

這樣的啟事，不但信箱裡有，公車上、候車亭裡、超級市場門口，到處都有。忙碌的人們，哪一個會停下來細看？哪一個會把那孩子的形貌印在心中，而存心幫助那父母去找呢？我想這樣的到處貼啟事，無非是警察機關為丟失孩子的父母盡到最後一點心意而已。奇怪的是美國這樣一個富有的國家，怎麼仍有這許多拐騙孩子或販賣人口的事呢？拐騙者應該也是為人父母的吧！怎麼忍心活生生拆散別人的骨肉呢？世道衰微，人心險詐，實在令人痛心。

對著這些啟事，我儘管於心有戚戚焉，最後也只有無可如何地把它扔進廢紙箱，一樣地把它視作垃圾郵件。見多了，心也變得痲木不仁，想想真是可悲。

記得有一次收看一幕電視短劇，情節感人。故事是這樣的：

一個年輕的母親丟失了孩子，她藉著電視聲淚俱下地向大眾懇求，幫忙她找回孩子。第二天就有一個貧窮的婦人，抱了一個嬰兒給她，向她懺悔不該自私地抱走她的孩子，所以抱來還給她。她歡天喜地的接過來，仔細一看，並不是她的孩子。她生氣地問窮婦人為什麼要跟她開這個玩笑。窮婦人哽咽說：「我明明知道自己不應該騙你，但我在電視裡看到你那麼傷心，那麼想念孩子，一定是一位最好的母親。我太窮，養不起孩子，所以願藉此機會把孩子送給你。太太，求求你發發慈悲，接受這可憐的孩子吧！他爸爸不知去向了，我沒有能力養活他，有你這樣的母親，他就幸福了。」

她聽窮婦人這麼說，不由得惻然心動。但她婉轉地勸窮婦人說：「你千萬不可把親生的孩子給別人。再辛苦也得把他撫養長大。孩子要的是母親而不只是牛奶麵包，你比我還幸福，因為你有孩子抱在懷裡，而我的孩子不知去向了。我已失去孩子，怎忍心奪取你的孩子。你快抱回去吧！你只是因為貧窮，我願意補助你金錢。你年輕，一定可以好好活下去的。」於是兩個母親擁抱著哭成一團。

這一幕感人的情景，使我看得淚水潸潸而下。最難得的是那窮婦人婉謝了她的金錢贈予，她說：「真感謝你的仁慈與寬恕。但我越發不能接受你的金錢，因為我本來就不是來騙錢的。我只是想來託付我可憐的孩子。你的一席話使我覺醒，使我懂得做母親的責任。您的情意比金錢寶貴千萬倍啊！」她抱著孩子走了。

這一幕感人的短劇，使我久久不忘。

因此，當我每次看到那些找尋孩子的啟事時，總是格外感觸，我奇怪拐騙別人孩子的，究竟是什麼心腸呢？

——原載民國七十七年四月《婦友》

「你看到過我嗎？」

母愛無邊

每次去一位朋友家，她八十餘高齡的老母，總是用眼睛定定地望著我，伸手和我相握，用濃重的鄉音說：「你坐，你坐。」吃飯時，就殷殷招呼我，「你吃，你吃。」朋友告訴我，她母親的眼睛，只能看到模模糊糊的一點。耳朵也只能聽到隱隱約約的聲音。但是看她對客人的招呼，都好像耳聰目明得很，因為她非常喜歡女兒的朋友來。

我們在樓下起居室欣賞平劇錄影帶，朋友生怕我膝頭冷，就拿了一塊五彩繽紛的毛線大毯子，給我蓋上。對我說：「這是我媽媽年輕時親手一針針鉤的手工。她已經八十四了，毯子的顏色還是如此鮮豔。這條毯子，我一直從小蓋到老。如今自己都當祖母了，每回蓋著毯子看電視看書，就感溫暖無比。」

她又告訴我，老人家偌大年紀，雖然耳不聰、目不明，但每天下午，家裡人是否都已下班回來，她都清清楚楚。有一天大風雪，交通阻塞，孫兒遲遲未到家，她就一次次摸到門口焦急地等等。那一份倚閭之情，實在令人感動。

我們在地下室看電視，她竟多次摸下樓梯來，問我們要不要喝茶，肚子餓不餓。她女兒焦急地喊：「媽媽，你怎麼又下來啦，快回屋去睡嘛。」就起身扶她上樓去，她嘴裡卻一直在喃喃囑咐著。

兒女們在母親心中，真是永遠長不大的孩子嗎？她的關懷，她的擔憂，是永無止境的嗎？

我的另一位朋友，嫁給一位波蘭籍的美國人。有一次陪了她婆婆來我家，我招待她吃了一頓比較別致的中國菜，她回去後念念不忘，來信謝了又謝。並送我一個波蘭玩具娃娃。她信中說：「波蘭亡國後，我只回去過一次。看著滿眼的淒冷蒼涼，心裡很難過。只在街角地攤上買了這個女娃娃，珍藏了整整十年了，現在把它送給你。真高興認識你，也真高興媳婦有你這位朋友。」

一片誠懇，流露於字裡行間。最後她寫道：「兒子媳婦遠去印尼以後，我心裡很難過。我年紀大了，總希望他們不要遠離，但為了兒子的前途，我總是表示得高高興興、健健康康的樣子，以免他們不放心。其實我最近為整理園子花木，重重地摔了一跤，腰背受傷好痛。但請你千萬不要告訴他們。以免他們記掛，我會照顧自己的。我只是在想，如果他們不遠行，我就不用做這份沉重工作了。」

讀到此，我不禁泫然淚下。但我在給她媳婦的信中，仍不敢提老人家跌跤受傷的事。只希望他們儘可能早點回來，以免老母盼望。

又有一位朋友，她的愛子在北卡羅里那工作，事忙假期不能回來，做母親的卻極盼見到兒子，她從來沒開過從德拉瓦到北卡那麼遠的高速公路。她丈夫並不開車，卻鼓勵她去，他坐在她身邊替她看地圖、辨方向，他們順利地開去又開回。在電話裡她對我說：「只是因為我一心想快快看到兒子，竟使我有勇氣與體力開那樣遠的長途，而且是第一次，連我自己都不相信啊。」

三個故事告訴我們，這就是母愛，無邊的母愛！

——原載民國七十七年六月《婦友》

淚珠與珍珠

我讀高一時的英文課本，是奧爾珂德的《小婦人》，讀到其中馬區夫人對女兒們說的兩句話：「眼因流多淚水而愈益清明，心因飽經憂患而愈益溫厚。」全班同學都讀了又讀，感到有無限啟示。其實，我們那時的少女情懷，並未能體會什麼是憂患，只是喜愛文學句子本身的美。

又有一次，讀謝冰心的散文，非常欣賞「雨後的青山，好像淚洗過的良心。」覺得她的比喻實在清新鮮活。記得國文老師還特別加以解說：「雨後的青山是有顏色、有形象的，而良心是摸不著、看不見的。聰明的作者，卻拿抽象的良心，來比擬具象的青山，真是妙極了。」經他一點醒，我們就盡量在詩詞中找具象與抽象對比的例子，覺得非常有趣，也覺得在作文的描繪方面，多了一層領悟。

不知愁的少女，最喜歡的總是寫淚與愁的詩。有一次看到白居易新樂府中的詩句：「莫染紅素絲，徒誇好顏色。我有雙淚珠，知君穿不得。莫近烘爐火，炎氣徒相逼。我有鬢邊霜，知君消不得。」大家都喜歡得顛來倒去地背。老師說：「白居易固然比喻得很巧妙，卻不及杜甫有四句詩，既寫實，卻更深刻沉痛，境界尤高。那就是：莫自使眼枯，收汝淚縱橫。眼枯即見骨，天地總無情。」

他又問我們：「眼淚是滾滾而下的，怎麼會橫流呢？」我搶先地回答：「因為老人的臉上滿佈皺紋，所以淚水就沿著皺紋橫流起來，是描寫淚多的意思。」大家聽了都笑，老師也頷首微笑說：「你懂得就好。但多少人能體會老淚橫流的悲傷呢？」

人生必於憂患備嘗之餘，才能體會杜老「眼枯見骨」的哀痛。如今海峽兩岸政策開放。在返鄉探親熱潮中，能得骨肉團聚，相擁而哭，任老淚橫流，一抒數十年闊別的鬱結，已算萬幸。恐怕更傷心的是家園荒蕪，廬墓難尋，鄉鄰們一個個塵滿面，鬢如霜。那才要歎「未老莫還鄉，還鄉須斷腸。」這也就是探親文學中，為何有那麼多眼淚吧。

說起「眼枯」，一半也是老年人的生理現象。一向自詡「男兒有淚不輕彈」的外子，現在也得向眼科醫生那兒借助於「人造淚」以滋潤乾燥的眼球。欲思老淚橫流而不可得，真是可悲。

記得兒子幼年時，我常常為他的冥頑不靈氣得掉眼淚。兒子還奇怪地問：「媽媽，你為什麼哭呀？」他爸爸說：「媽媽不是哭，是一粒沙子掉進她眼睛裡，一定要用淚水把沙子沖出來。」孩子傻楞楞地摸摸我滿是淚痕的臉，他那裡知道，他就是那一粒沙子呢？

想想自己幼年時的淘氣搗蛋，又何嘗不是母親眼中催淚的沙子呢？沙子進入眼睛，非要淚水才能把它沖洗出來，難怪奧爾珂德說：「眼因流多淚水而愈益清明」了。

記得有兩句詩說：「玫瑰花瓣上顫抖的露珠，是天使的眼淚嗎？」想像得很美。然而我還是最愛阿拉伯詩人所編的故事：「天使的眼淚，落入正在張殼賞月的牡蠣體內，變成一粒珍珠。」其實是牡蠣為了努力排除體內的沙子，分泌液體，將沙子包圍起來，反而形成一粒圓潤的珍珠。可見生命在奮鬥歷程中，是多麼艱苦？這一粒珍珠，又未始不是牡蠣的淚珠呢？

最近聽一位畫家介紹嶺南畫派的一張名畫，是一尊流淚的觀音，坐在深山岩石上。他解說因慈悲的觀音，願為世人負擔所有的痛苦與罪孽，所以她一直流著眼淚。

淚。

眼淚不為一己的悲痛而是為芸芸眾生而流，佛的慈悲真不能不令人流下感激的淚。

基督徒在虔誠祈禱時，想到耶穌為背負人間罪惡，釘死在十字架上，滴血而死的情景，信徒們常常感激得涕淚交流。那時，他們滿懷感恩的心，是最最純潔真摯的。這也就是奧爾珂德說的：「眼因流多淚水而愈益清明」的境界吧！

——原載民國七十七年六月二十二日《世界日報》

瞬息人生

我們的近鄰，是一對年逾七旬的老夫婦。老先生和藹而沉默。每天一大早，無論風雨陰晴，總是提一大包垃圾，慢慢地走到老遠的巷尾，丟進垃圾箱，然後點燃一枝香菸，悠閒地抽著，慢慢地走回來。遇到鄰居，笑嘻嘻地說聲「早」。常常的還看他撿一些別人丟棄的家具回來，放在車庫裡，用鎯頭敲敲打打，變成了可用的新東西。

老太太則是精神抖擻，口若懸河，見了人就說個沒完。她說她真要把老頭子宰了，因為他太喜歡撿破爛，又要抽菸，所以她要把他趕到後面車庫門外去，以免屋裡空氣污染。

他們有一個中年的女兒同住，女兒是一位虔誠的天主教徒，終生不嫁，在中學教書，人非常和藹可親，熱心負責，所以當選為社區管理委員之一。

近半年來，老先生健康情形遠不如前，見了人也不大打招呼了。外向的老太太，依舊生龍活虎似的，由女兒陪伴著外出購物或遊玩，回家時總是興致勃勃的。我見到時不免問起她先生的身體如何？她總是說：「他老覺得自己渾身都是病，我真受不了，幸得有女兒陪我往外跑。」

最近好久沒看見老先生出來倒垃圾了，我見到他女兒，問起她父親，她哀傷地說父親已在醫院病逝了，患的是肝癌。我們住得只隔一家，竟一點也不知道，真是「老死不相往來」，令人感觸萬千。

女兒說她母親因父親逝世，過度悲傷，健康一下子像崩潰了似的，也變得渾身都是病，心情十分惡劣。我因此也不便去打擾她，只託她女兒代為致意。

昨天天氣晴朗，我中午去郵筒取信，卻見老太太在後面她的車庫門外徬徨。問她是否等女兒回來，她沮喪地說女兒要晚上才回家，她出來倒垃圾，虛掩的門被風吹得關上了，把她鎖在門外，一籌莫展。我扶她到自己家先坐一下，打電話請管理員來幫忙開門，卻找不到他。老太太幽幽地說：「以前老頭子在的時候，垃圾都是他提出去倒掉，我進出也都不帶鑰匙的，現在關在門外，卻沒人幫我開了。」

我望著她哀傷的神情，卻無言以慰，又不知如何幫她把門打開。幸得這陣子正有油漆匠在油漆社區房屋外面的牆壁，就請一位工人從老太太屋子的後陽臺爬入，進去把前門開啟，解決了嚴重的問題。

我扶著她顫巍巍地回到她自己的家，屋子裡陰暗而空洞。覺得眼前這位老太太，和以前生龍活虎的神情，判若二人。她女兒忙於教課，雖孝順卻不能時刻侍奉在側。看著她的蒼蒼白髮、慘淡容顏，深體她老年折翼的哀痛。

從她屋子那邊繞回來，在亮麗的陽光下，看見另一家鄰居一位少婦，帶著她的嬰兒坐在草坪上曬太陽。我忍不住蹲下來和她寒暄，逗逗她的孩子。她幸福地望著嬰兒。嬰兒才七個月，非常老練地張開小口，舞動一雙胖手要想說話，一對眼睛碧藍如寶石，可愛極了。年輕的媽媽說：「我真希望她的眼睛永遠是藍的。」我說：「一定的。」

回到家中，心頭一直浮現著兩張臉，老太太的白髮蒼顏，和她的悽悽惶惶，嬰兒的手舞足蹈，和她一對寶藍的眼睛。我感觸萬千地告訴外子，他卻雲淡風輕地說：「這是很自然的現象，何必歎息？那位顫巍巍的老太太，不也是從那樣可愛的嬰兒長大的嗎？」他又笑嘻嘻地套起時髦的文藝腔說：「她已經走過童年，走過青春，她曾經笑過，曾經愛過，縱然苦澀，也當無怨無悔了。」

真佩服他的幽默與豁達，誰不是這樣走過來的呢？嬰兒在每分每秒地長大，長大後每分每秒地老去，這原是自然現象，真當學學莊子：「其生也時也，其死也順也，安時而處順，哀樂不能入」，以求安享餘年。

但我仍念念不忘嬰兒眼睛裡那透明的寶藍，和她母親對她期望的話：「但願她永遠保有那美麗的寶藍。」她能嗎？

——原載民國七十七年十一月二十六日《世界日報》

盼雪心情

每天早晚，他聽完氣象報告，總要學著報告員的調兒，對我重播一遍。我呢？似聽非聽，反正不外出，室外的風雨陰晴，與我無關。但是到了雪季來臨時，我就關心是不是會下雪了。不是怕雪，而是盼雪。他生氣地說：「你是黃鶴樓上看翻船，隔著窗兒在暖室裡賞雪景。也不想想一群群上班的人，與風雪搏鬥有多辛苦。」

說實在的，我這份愛雪成癡的心情，不是筆墨所能表達的。每回一聽氣象預報要下雪了，就開始盼望雪快快下來，下得愈大愈好。可是有時氣流變了，雪不來了，空盼一場，心頭就有一點失落感。

如果是星期假日遇上大雪，老伴不上班，可以閉門讀書、聽音樂、看電視、吃零食，講童年玩雪的故事，確實是南面王不易焉。

有一位朋友對我說，雪天心情寧靜，工作效力大增。她是畫家，我勸她憑窗寫雪景，必定可以神遊宇宙。她說雪景難畫，雪的沉靜與安詳，不是丹青所能傳達的。她在年輕時曾畫過一幅雪景，畫了一對翡翠鳥，在長青樹蔭深處躲雪，自認為確實畫出了一對鳥兒相依相守的神情。那一幅畫早被愛雪者要去。如今年老，再不復有軟語溫存的心情，要畫，也只能畫出雪的一片寂靜。可見賞雪也如聽雨、看山一般，有少年、中年、老年玩味的不同。

她與我都念起那首膾炙人口的詩來：「有梅無雪不精神，有雪無詩俗了人。日暮詩成天又雪，與梅添作十分春。」我們以鄉音放聲吟唱，我歎息：「此處無梅花，我們都是俗客。」她說：「眼中無梅，胸中有梅便好。」我說：「好一個胸中有梅。」但我還是勸她畫一枝梅花以慰情吧！她笑笑說：「畫了皮相也畫不出那一副傲骨，還是把梅花永存胸中吧！」

大概作畫也像寫文章，有時覺得千言萬語，總寫不出心中最深刻的一點感受。難怪詩人也會歎息，多少心中意，卻是「問到梅花總不知」了。

很多年前，我曾寫過一篇小說，題名〈梅花的蹤跡〉，以母校之江大學冬天的風雨梅花為背景，編織了一則虛無縹緲的故事。梅湖邊上那個少女，撲朔迷離地從風雪中條而來，忽而逝。使畫家於悵惘之餘，不能再作畫。乃於那幅少女倚著梅花的畫幅上，題了兩句詞：「紅與白，嬌難別，天涯影裡胭脂雪。」

這篇小說的靈感，是從《珍妮的畫像》而來。我在篇首借引了恩師的詞：「縞衣邀共折，素抱應同惜。猶有最高枝，無妨出手遲。」以襯托梅花的孤高風格。

恩師已逝，此文成了永久紀念。我這個編故事的俗人，既不擅吟詩，又不會寫梅，對著滿眼雪光，徒增帳觸而已。

——原載民國七十七年十二月《中華日報》副刊

暖墊

一方非常非常舊的暖墊，外面的條紋布套子都洗褪了色，而且還縫了兩塊補釘。插頭已換了好幾次。這樣破舊的東西，丟在垃圾箱裡都沒人撿的，我卻最愛它。冬天裡，我將它插上電，放在膝頭上，頓覺渾身暖和起來，讀書寫稿都效率倍增。

這個舊暖墊，我已用了十年以上，但卻捨不得丟棄，而且永不會丟棄。因為它是兒子當船員時帶回來給我的。「媽，我沒有錢買貴重東西，知道您怕冷，帶個暖墊給您。」兒子說。

我捧在手裡，還沒插上電就感到暖烘烘的，心裡好欣慰。

但從那以後，他忽又外出不歸。行蹤飄忽，年復一年。冬天裡，我摀著暖墊，心頭卻是一陣陣寒冷又焦急。

暖墊漸漸舊了，套子也破了，我只將它縫縫補補，卻無意換個新的，因為它使我體味到母子的息息相關。

五年前，我來到美國，仍舊寶愛地帶著這個舊暖墊。欣幸的是兒子已安定成家，我不用再焦急了。

有一天，暖墊又失靈了，兒子為我修理好。媳婦說：「媽媽，這個暖墊太舊了，給您買個新的吧！」我說：「不要買新的，我就是最愛這個舊暖墊。」我把它插了電，放在膝頭上，高興地說：「你摸摸看，好暖和喲。」

他們都在我身邊，伸手放在暖墊上，笑呵呵地說：「哦，真的好暖和喲。」

好鳥歸來

春意漸濃，南窗外的楓樹，原是光禿的枝條，尖端都爆出殷紅葉芽。不數日，便將綻放如滿樹繁花，與行人道邊鵝黃的迎春，嫩綠的草坪，相互映輝。

一對腹部金黃色的鳥兒，繞著楓樹取次而飛。又不時停在高枝上四面張望，似有意在楓樹的最高枒槎上營巢。我心中不由泛起一份「有鳳來儀」的喜悅。

憑窗守望好鳥營巢，這已是第三個年頭了。

前年，就是這樣美麗的一對鳥兒，在我家西窗外一株香柏樹上，辛勤啣枝、築巢、產卵。孵出小鳥以後，父母輪流啣蟲餵養。直到黃口小兒羽毛豐滿，從巢中跳上枝頭，母鳥總是在一旁耐心呵護，偏著頭看兒女們躍躍試飛。公鳥也來了。嘰嘰咕咕地好像在對牠們珍重叮嚀。不多久，小鳥們的翅膀堅硬了，終於振翅而飛，一飛不返了。牠們的父母，盤旋樹梢，停在屋頂上悲鳴竟日，聽得人好心酸。鳥去巢空，不久空巢於風雨中墜落泥土裏，一番生氣蓬勃的喧鬧，頓歸沉寂。倚窗守望的我，由開始的欣喜而期盼而焦慮而悵惘，有如親身經歷了一場離合悲歡。

去年，又是似曾相識的一對夫妻鳥，也選中了這株香柏樹築巢。我雖十二分欣喜牠們能如舊巢燕子般的歸來，但因一年中香柏樹已長高，枝條平平地伸展開來，原來的枒槎已不及以前有茂密的針葉覆蓋，真擔心這個不夠隱蔽的處所，對牠們是否相宜。但想想具有第六感的鳥兒是不會選錯地方的。於是我又倚窗呆看起來，由於枝葉稀少，我可以一眼直窺堂奧。看母鳥孵蛋時，常常轉動身體，又頻頻用爪撥卵，使能平均接受體溫。她孵累了，飛到附近欄杆上休息片刻，公鳥就飛來與她作伴，夫妻倆軟語商量一陣，又雙雙飛到遠處覓食散心去了。常常很久才回來，我真擔心孵得熱烘烘的蛋冷卻呢。

誰知有一個早上，忽見母鳥焦急萬狀地在枝上又跳又叫，鳴聲怪異，我吃驚地仔細一看，巢中竟然空空如也，尚未孵出的蛋，怎麼會不翼而飛呢？忽見一隻肥碩的浣熊，在香柏樹下倏地飛奔而逝，泥地上殘留著幾片碎蛋殼，我才恍然是浣熊乘母鳥不在時，爬上樹去攫取鳥卵果腹了。可憐牠們一場辛苦，盡付東流。牠們悽楚的悲鳴，令人酸鼻。牠們那裏知道，幼雛的悲慘遭遇，實在是由於天地不仁，有意捉弄無辜的生靈。我們又何能責怪浣熊的殘暴呢？

現在又見同樣美麗的一對鳥兒飛來擇地營巢。幸得牠們選中的不是西窗的香柏樹，而是南窗外的楓樹。但望這兒是個吉祥的好地方。

開始時，看牠們啣來一些碎紙破絮，先把一個三角形的枒椏墊平。但一陣風過，碎紙破絮都被紛紛吹落了。如是者數次，我看牠們實在太辛苦了，很想助牠們一臂之力。乃趁牠們不在時，由外子架了梯子爬上樹去，用麻繩與細布條就著那三角形枒椏，大致綳一個網，給牠們先墊好扎實地基，好讓牠們順利建屋。

在這項工作進行中，我們真擔心鳥兒飛來看見了，會受驚而去，永不再來，豈不弄巧成拙，好心變惡意呢。我在樹下虔誠祈求大慈大悲的觀世音菩薩，祂的廣大靈感，一定會使鳥兒知道，我們是一片好心。我這滿腔的誠意，該不至被視為愚夫愚婦的迷信吧！

好容易完成任務，老伴爬下樹來，累得滿頭大汗，卻洋洋得意地說：「幸得我小時候有爬樹經驗，否則，今天這辛苦的活兒也幹不了。不過那時爬樹是撿鳥蛋玩，現在爬樹是幫助鳥兒做窩。」我說：「現在你老了，多做點好事，也是為頑皮搗蛋的童年時闖的禍贖罪啊！」

我們這一臂之助還真管事呢。只見這對鳥兒在楓樹上跳躍相呼，一定是驚喜地發現牠們選定的枒槎地基鞏固了。在窗子裏的我們，也不由得拍手歡呼起來。

接著就看牠們很快地啣來各種粗粗細細的枝條，加緊築巢。最有趣的是公鳥每回飛來，必先停在高枝上四下觀察一番，然後將所啣枝條丟入基地，就立刻飛走了。母鳥飛來時，才仔細將枝條擺妥，再用身體使力地四面轉動，使它扎實平滑，想來是生怕孵卵時壓破蛋殼吧！牠們如此輪流地分工合作，顯得雌雄二鳥性格的不同，也見得牠們的鶼鰈情深，令人感動。

為免干擾牠們的建屋工作，我們特地把窗簾放下，只在縫隙中悄悄地觀察，牠們的辛勤工作都在清晨，一近晌午，就飛到別枝休息去了。原來鳥兒們也知道「一日之計在於晨」呢！

使我憂心忡忡的是那貪嘴的浣熊，是否會再來偷襲，卻又無法代為防範。所幸這株挺拔的楓樹，比西邊那株香柏樹高得很多。而且幾天後，茂盛的楓葉展開，便將是濃蔭密佈。這裏應該是「風雨不動安如山」的吉屋吧！

昨天，我從樓上望下去，一個玲瓏的鳥巢，已經完工了。外圈是淺黃色，裏層是深褐色。圓潤光潔，無與倫比，枝條交織，巧奪天工。真不知牠們是從何處啣來如此精緻的建材，尤不能不嘆佩牠們建築工程技藝之高超。

老伴高興地說：「好了，現在可以放心了。鳥兒和我們都是有巢氏。」好一個「有巢氏」，聽得我大笑起來。

我虔誠祝望鳥媽媽，養兒育女，一帆風順。

仍不免掛懷的是，牠們辛苦撫育的幼雛，羽毛豐滿以後，終必背棄父母，離巢而去，一去不返，留下無限悵恨。

我又將聽那一對父母鳥，在樹梢、屋頂，徹夜悲鳴，引人酸鼻了。

詩人的傷心之句，不禁湧上心頭：

燕燕汝勿悲，汝當返自思。
思汝為雛日，高飛背母時。
昔日父母念，今日汝應知。

天道循環，豈不又是造化有意戲弄萬物呢?!

——原載民國八十二年五月二十九日《中央日報》副刊

一點領悟

炎炎長夏，竟日開冷氣感到很不舒服，關掉冷氣又悶熱難當。在開開關關的「冷暖人間」中，引起過敏性喉頭炎和劇烈咳嗽，因而影響睡眠，精神十分困頓，看書注意力不集中，寫作沒有靈感，心中惶惶然擔心自己已成廢人了。

一位好友勸我要把心情放鬆。煩躁比燠熱更傷身。少服藥，多飲啜涼茶，儘量培養一點調冰雪藕的情趣，心靜自然涼，喉頭炎和咳嗽就會好。

我接受她的勸告，就丟下一切工作，全心全意地閒蕩起來。看電視的輕鬆節目，打毛線，飲冰水，整理書刊，翻箱倒篋，捧出心愛的玩意兒一樣樣地把玩。一邊回憶那些有趣與令人低迴的往事，或是朗吟心愛的詩詞，與古人共哀樂。漸漸地，心情輕鬆了，睡眠正常了，喉頭炎真的不藥而癒。我才領悟到心理治療勝於藥物。蘇東坡有兩句詩：「因病得閒殊不惡，安心是藥更無方。」安心才是治病最簡單有效的良方。

記得多年前讀到讀者文摘上一篇文章，寫一個肺病患者，躺在床上，每時每刻都感覺病菌在啃噬他的肺，他的肺馬上就要被蛀空了。一位老牧師卻笑嘻嘻地勸他說：「朋友，儘量把你的病保留在肺部，你就不會死。你若讓病菌侵入腦子，你就沒有救了。」牧師的意思當然是勸他不要老是惦記他的病，讓健康的腦子多多想些快樂的事。病人恍然想通了，立刻起來散步，享受早上清新的空氣，傍晚美麗的斜陽。再由醫生對症下藥，他果然漸漸痊癒出院了。如果他繼續憂愁下去，他將死於憂慮，而不是死於疾病。

曾讀高僧智者大師語錄，其中有一節對病人的啟示說：「息心和悅，眾病即瘥」。「但安心止在病處，即能治病」。「息心和悅」是寬心，「安心止在病處」是不緊張，不誇張病情，此意豈不正和那位老牧師勸該病人的話，不謀而合。可見蘇東坡「安心是藥」之詩是一點不錯的。

維摩詰經中間疾章有幾句話：「知起時不言我起，滅時不言我滅。觀心無常，右空非我，是名為慧。」文義深奧。這是當年恩師指點我於病中細讀的。他給下註腳云：「我空則病空，不以病為苦。在病中體味人生，不起厭離念、怨恨憎怒念。以自身所受之苦，推憫萬眾之苦，病自瘥矣。」

佛經哲理固然深奧，當靜心細讀，從中體味，也於日常生活中體味。不急躁，不怨恨，想想世間比我不幸的人，比我病得更痛苦的人有多少，同情別人就會心平氣和下來，「心」安，「理」也得了。但這是修練工夫，養性工夫，卻又談何容易呢？

吟誦詩詞，頗有療鬱治病之功。微恙初癒，一卷在手，隨意朗吟，於難得的清閒中，想像陰雨後的晴朗好天氣，豈不格外值得我們珍惜呢？

陸放翁是位最豁達的詩人，我很喜歡他的幾句詩：「小病深居不喚醫，逍遙尤覺勝平時。」他享受的是「綠徑風斜花片片，畫廊人靜雨絲絲」的悠閒情趣，正和前引東坡詩有異曲同工之妙。

這也算是我小病中的一點領悟吧。

——原載民國八十二年九月三十日《世界日報》副刊

此心春長滿

坐著老伴開的車，經過一處鬧區路口，停下來等紅綠燈變換時，看見一個盲人，用一根枴杖，在寒風細雨中摸索著艱難地走過馬路去。他連一隻導盲犬都沒有，顯然是個無家可歸，無人照顧的老人。看了心中難過。想想自己，只不過左眼眼壓偏高，只要按時滴眼藥，就不致嚴重到一目失明。但總是惶惶然不能安心。如今看著這位孤苦無依的盲人，在街頭踽踽獨行，而我能坐在暖烘烘的車子裏，有老伴照顧，多麼幸福安全。我實在不應只為一身的疾病擔憂，而應多同情世上苦難之人，儘量對他們伸出援手才是啊！

車在上高速公路的瓶頸處停下了。看見一個中年婦人，手捧玻璃紙包著的美麗的花束，向一輛公車窗口兜售，交通燈立刻就要變換，沒有一個人在匆忙中向她買花。

我們的車子也在她身邊駛過。我一直向她疲累又失望的臉上注視，對她感到滿心的歉疚與無奈。天寒風緊，她在車輛穿梭的路口，一天究竟能兜售幾束花？掙得幾文錢呢？想想她家中一定有嗷嗷待哺的小兒女，甚至還有臥病的老人或丈夫吧。不然的話，她為什麼顯得那麼憂慼呢？

車子進入紐約街頭，又看見路邊長椅上，坐著一個白髮蒼蒼的老婦，衣衫襤褸，身邊擺著兩個大塑膠袋，大概就是她全部財產吧！她以一雙顫抖的手，把一塊麵包小心翼翼地掰下一點，放入嘴裏慢慢咀嚼，鴿子就在她腳邊啄食她落下來的麵包屑。顯然又是一位無家可歸的老人，正如我常常在電視裏看到的報導鏡頭。

我喃喃地對老伴說著心中的感觸，他只專注地開車，沒有回答我的話。回到家時，他將汽車引擎熄了火，呼了一口長氣，唸道：「快快樂樂出門，平平安安回家。」我說：「眼看這許多苦難的人，心中怎麼快樂得起來？」他輕喟了一聲說：「愁不了那麼多啊！你不是最喜歡古人的兩句詩嗎？『但得此心春長滿，須知世上苦人多。』我們只要能惜生愛生，能滿懷同情，多多想到世上苦難之人。遇有機會，儘量幫助他們，向負責照顧他們的機構，量力捐獻金錢，我們的心也就安了。不是我們力所能及的事，徒然憂心，又何濟於事呢？」

我很慚愧未能對苦難貧寒之人，直接盡一分力量，因而想起一位老學長所做的熱心助人之事。她是我中學同學，比我高四班，今年已逾八十高齡了。可是她永遠保持一顆年輕人的心，參加了當地政府一個慈善計劃，特為低收入家庭的兒童教導音樂課程。她募捐購置三架舊鋼琴，讓小學生們在下課後到教育中心來接受音樂訓練，每週兩個下午。她在教他們鋼琴之外，還為中高年級學生組織合唱團，為低級班學生組織演奏團。她認為能讓貧窮的黑人兒童有機會接受音樂教育，對他們的一生，一定會產生良好影響，也可以減少許多社會問題，消除黑白之間的衝突，因為優美的音樂是陶冶人的心靈的。她是位虔誠的基督徒，她說在上帝面前，人人都是平等的，貧窮不是他們的罪過，因貧窮而受到歧視是不公平的。

她滿腔的熱忱，使她忘了自己八十餘的高齡在風雨中奔波的辛勞。有的朋友勸她好好保養身體，放棄這項辛苦的義務工作，並提醒她深入貧苦黑人區的危險性。她卻坦然地說：「不會有任何危險的，因為我愛這些孩子，孩子和他們的父母也都信賴我。」

我這位學長，才是真正發揮了無比的愛心，她才真正感到「此心春長滿」的欣慰吧。

放走一隻小飛蟲

我正在燈下聚精會神地看書，忽然一隻硬殼小飛蟲，啪的一聲，跌落在書頁上。看牠四腳朝天、昏頭轉向地掙扎著，卻仍翻不過身來。我深怕一不小心，會把牠壓得粉身碎骨，就趕緊用一張硬紙片把牠撥轉身來。牠居然不跑，還用一對小眼睛盯著我看。透過我的老花眼鏡，牠那副意定神閒、不慌不忙的樣子，我是看得清清楚楚的。我把硬紙擺在牠身邊，牠就爬了上來，我才輕手輕腳地把牠放到陽台外去，口中唸唸有詞：「小飛蟲，你別怕，媽媽把你放到外面去，外面有青草，有雨露陽光，好舒服喲，屋子裏太小，不是你該待的地方。」

我唸著唸著，發現自己對小飛蟲竟自稱「媽媽」，不由得啞然失笑，也不由得對自己幼稚的動作，悠然神往起來。

時光也一下子倒退了幾十年……

那時我唯一的孩子才四歲。他天性渾厚，對小狗小貓的愛護不必說，連對小小蟲兒都不忍加以傷害。他看見小蟲在地上爬行，就說：「不要踩蟲蟲，蟲蟲在找媽媽，媽媽也在找牠。」於是他蹲下小胖腿，一直守著蟲兒慢慢地爬。他能守上好長的時間，連最愛的牛奶都忘了喝，卻把甜餅乾掰碎了要餵蟲蟲。我對他說：「餅乾末撒得滿地，會招來螞蟻的。」他高興地說：「螞蟻也要吃糖糖的呀。」他把所有甜的東西都叫做糖糖。

看他一臉的憨態，我不忍心責怪他，就抱起他說：「螞蟻有牠們自己的家，我們只能在牠家門口放點糖糖，不要把糖糖滿地扔，螞蟻來搬運糖糖，會被人們不小心踩死的呀。」他一臉的認真，很後悔地說：「媽媽，我不扔糖糖了。我不要踩死螞蟻，螞蟻媽媽會哭的。」

我親親他說，「寶寶真乖，真聰明，寶寶不會踩死螞蟻的。」他捧著我的臉，仔細看著我說：「媽媽，你為什麼哭了？」我說：「媽媽沒哭呀！」他說：「你眼睛裏有眼淚，你是不是想媽媽呀？」

放走一隻小飛蟲

我真是忍不住要哭了，可愛的孩子，他是那麼的敏感，那麼的好心腸。

當時情景，歷歷如在目前，而如今他竟已近不惑之年了。他工作很忙，我們一年難得見幾次面。今年他生日那天，我好不容易才約他來到家中。我問他：「你都快四十了吧？」他嗯了一聲說：「對呀。」就沒再作聲了，我不知道他是否記得我們的年紀。看他皮膚黝黑，雙肩與手臂粗壯，想見他每天戶外工作的辛勞。只有在笑起來時，仍隱約顯露幼年時的一絲稚氣。我問他工作順利嗎，他嘆了口氣說：「馬馬虎虎啦，有活幹就好。」他父親向他討教一些室內裝修的問題，他侃侃而談，因為這正是他的本行。在他眼中看來，我們住了十年的房子已老舊了，用了十年的車子也老舊了。他父親笑笑說：「我們十年來身體一直健康，一點也沒有老舊。」他嘻嘻地笑了，又出現他一臉幼年時的天真憨態。

正在此時，一隻蜜蜂從窗口飛進來，停在他的肩膀上，我真擔心他會把牠一下拍死，沒想到他卻站起身來，慢慢走到陽台外，舉手輕輕一揮，讓蜜蜂安詳地飛走了。他進來對我笑笑說：「媽媽，您別緊張，我不會把蜜蜂拍死的。」我心裏只想說：「是呀！蟲蟲有媽媽，你拍死牠，蟲蟲的媽媽會哭的啊！」可是他已經四十歲的人了，我更是兩鬢飛霜，我還能對他說這樣的「童話」嗎？但無論如何，他放走了小蜜蜂時對我天真的那一笑，是多麼令我心慰啊！

前幾天，朋友九歲的男孩來借小朋友的書看，我看他也是活潑中帶著渾厚的孩子，非常可愛。我們正說著話時，他忽然發現門外欄杆上停著一隻美麗的蝴蝶，他就想開門出去捉牠。我勸止他說：「千萬不要去驚擾蝴蝶，牠停在那兒休息呢。你玩兒累了，不是也要休息一下嗎？」他點點頭，就不去捉牠了。但他一直站在門外不肯進來，很久很久以後，他才回屋高興地對我說：「婆婆，蝴蝶已經飛走了。」我問他：「是你趕牠走的嗎？」他搖搖頭說：「我沒趕牠，是牠自己飛走的。但我一直在遠遠守著牠，生怕別人去捉牠。現在牠飛走了，我才放心呢。」

多好心的孩子啊！看著他一臉的憨態，我又不禁想起自己孩子幼年時的神情。半個世紀的歲月，就在童稚情真與蟲蟲飛進飛出中，悠悠逝去了。

——原載民國八十三年九月十一日《中華日報》兒童版

生活隨感

清明的眼睛

看書久了，不免視線模糊，乃抬頭望窗外四季長青的松柏，頓覺神清氣爽。一位朋友對我說，每天清晨有恆地看遠處青山幾分鐘，可以保持眼睛與心境都一樣清明。她說：「青山無語，卻使你心情平靜，忘卻眼前的紛紛擾擾，倒也不必說什麼『看山不是山，看山又是山』等玄之又玄的話。」我這位朋友一生只讀書，不創作，而品評文學作品，眼界甚高。她說寫作常不免拾前人牙慧而不自知，即使知了也自以為引用得妙而沾沾自喜，倒不如不寫的好。她的話令我深思，也使我戰戰兢兢，不敢輕易下筆了。袁子才詩云：「雙目時將秋水洗，一生不受古人欺。」大概就是以明澈的眼光，分辨作品是否有真知灼見，或只是因襲前人而已吧。

老之已至

鄰居一位老太太原是生龍活虎般的有說有笑，且熱心社區各種活動。前年她的老伴忽因心臟病去世，她曾一度非常憂鬱、消沉。幸有終生不嫁、獻身教育的女兒晨昏侍奉，並陪她參加教會福利工作，她才又漸漸恢復臉上笑容。但她常對我說：「老伴在世前，我總是每天埋怨他這樣不是，那樣不對，現在才知道都是自己太不體諒他了。」說著，她眼圈兒就紅了。可見有老伴攜手同行，才能感到「夕陽無限好」，這一份關切，連孝順的女兒，都無法代替。

我不免想起兒子幼年時傻呼呼地對我說的話：「媽媽，你和爸爸現在不要老，等我長大了，我們三人一起老。」他天真的話時時在我耳邊。可是我們現在老了，想和他見面都難，他又何曾記得當年扶床繞膝時說的話呢？

一段記憶

在藥房裡看見一位父親帶著約兩歲的幼兒購物。天真的孩子對著花花綠綠的糖果，實在喜歡，忍不住用小手拿起一塊來玩，父親立刻逼他放下，然後自己再取了兩塊給櫃台付錢後遞給孩子，他立刻興奮地剝開來，掰下一粒先給父親，第二粒才放在自己嘴裡。我一直注視著他可愛的神情，他竟剝一粒給我說：「你喜歡嗎？」我感激地對他說：「謝謝你，你自己吃吧。」

這情景使我想起自己幼年時，由父親帶著去城裡最大的一家食品店，看見一個大玻璃缸裏，裝著亮晶晶彩色錫箔紙包的巧克力糖，心裡實在想，卻不敢向父親要求買，只得用食指摸著玻璃瓶外面，再放在舌頭上舔舔，彷彿手指頭都是甜的。從城裡回來以後，就纏著母親要買那種有彩色錫箔紙包的巧克力糖。母親笑咪咪地從床頭抽屜一個盒子裏取出幾張和那一模一樣的亮晶晶錫箔紙，包好她自己做的麥芽糖給我說：「麥芽糖比洋糖補，吃了不會蛀牙哩！」我奇怪的問：「媽媽！你的錫箔紙是那兒來的呀？」媽媽得意地說：「是你外公給我的。」我問：「外公又從那兒買來的呢？」媽媽說：「外公在山鄉，那裏有這樣好看的錫箔紙，是你舅舅從德國做生意回來，帶回一盒糖，分給左鄰右舍的孩子吃，自己剩下幾粒給舅媽吃，舅媽說吃了這種甜甜苦苦的糖，一夜都睡不好覺呢！但是她把包糖的五彩錫箔紙留起來給外公，讓他在過年時包銅板給我當壓歲錢，我也當寶貝似的保存起來一直到如今。」我呆呆地聽著，原來錫箔紙是這樣難得的。手中捏著媽媽用它包的麥芽糖，也格外覺得寶貴起來，我小心地剝開來把糖放在嘴裏，才把錫箔紙又還給媽媽收好。

媽媽那一臉歡喜的神情，我至今記得。因此我也特別愛惜包糖果的亮晶晶五彩錫箔紙，看到大一點的，不免一張張攤平，收在盒子裏，毫無目的地保存起來。因而被老伴譏為撿垃圾的老婦，我頗覺得「當之無愧」哩！

弄孫與孫弄

一位朋友問起我有沒有抱孫子，我笑答：「沒有像你這樣好福氣，享受含飴弄孫之樂。」她幽默地說：「不是弄孫而是孫弄。上了年紀，還是像你這樣，自己享點清福吧！」

一位美國朋友對我說：「每逢節日假期，一大群兒孫都來了，害得她手忙腳亂團團轉，生活秩序大亂。」我說：「照我們中國人舊的說法，兒孫滿堂是大大的幸福。做老奶奶的只要給他們愛，卻不必煩心管教他們。」她搖搖頭說：「夠了，夠了，實在夠了。」

我因而想到小我十六歲的妹妹。自幼受所有的長輩百般呵護，走到任何地方，都是前呼後擁，神氣得像一位公主。時光飛逝，如今她已當了祖母，伺候老伴之外，還要代外出工作的媳婦照顧孫兒，整天忙得團團轉。我總以為她很辛苦，她卻感到含飴弄孫，樂在其中。

從她身上，我看見自己一生的平凡。我和她生長在同一個家庭中，而境況完全不同。如今我們都入老境，而老境也完全不同。她過的是「忙」的福，我過的是「閒」的福。

不論是「忙」是「閒」，只要自己心裏認為是「福」就好。

記得恩師有兩句詩：「但能悟得禪經了，便覺忙時勝似閒。」其實，若能悟透禪機，也未始不可說「閒時勝似忙」呢。事實上，世間的忙與閒，在「禪心」中已無差別了。

健康路

台北好友為我寄來兩個用堅韌橡皮做的小小圓圈，渾身都是細小的刺，她告訴我把圈放在手中，使力地捏，使小小的刺，刺痛手心，對健康有益，故名為「健康圈」。

因而想起去年回台時，承三民書局董事長劉振強先生於百忙中抽空，陪我們去台中參觀西湖度假村。那兒有一條長長的碎石子路，名為「健康路」。最好是只穿襪子在上面慢慢地走，讓腳底心忍受著碎石子的強烈刺痛，可使腦神經不致老化，產生理療按摩的功效。

細細體味這「健康路」的意義頗為深長。腳下的道路不能太平坦，於崎嶇難行中，才能培養出堅忍不拔的意志。

那天劉先生興致勃勃，與我們邊走邊談。講起他年輕時代，在艱苦重重中奮鬥的經歷，越發使他對教育文化事業的奉獻，許下最大的心願。孜孜矻矻數十年如一日，他的心願都一步步地達成了。他的貢獻是有目共睹的。

參觀了三民書局的最新設備，和由他聘請諸專家學者所編彙各類琳瑯滿目的叢書，以及最完全最具特徵性的大辭典，較為簡化便利的新辭典。坐在他典雅寬宏的辦公室中，一盞清茶，聽他笑語琅琅，侃侃而談，外子和我內心都興起無限敬佩之忱。最難得的是他的謙沖、熱忱和爽朗，日新又新的研究精神，始終如一。更有他個人生活之簡樸，對同事們無微不至的照顧和鼓勵，在在令人感動。面對他，我深深領會到，他今日的康莊大道，真正是從崎嶇難行中走出來的「健康路」。

山水與心胸

月前曾去一位鄉居的友人家小住，一洗胸中塵垢。深感山水使人理智清明，友情使人心靈溫厚。不由得使我想起宋朝的大文學家蘇東坡與王安石，為政見不同而傷了友情。但王安石於罷相息隱林泉之後，曾作詩邀東坡與他比鄰而居，可見他在清明的山水中，不再有成敗恩怨，懷念的是老友的真摯情誼。東坡去看他時也作了一首詩，幽默的說：「勸我試謀三畝宅，從君已覺十年遲。」感慨他們的諒解已晚了十年。

我想如果他倆於十年前就在明山秀水中垂釣或對弈，一邊討論政治的應興應革諸問題，時而爭論得面紅耳赤，時而投契得拊掌大笑，一心都為國家而非個人意氣之爭，想來赫赫的宰相王安石，也不致害得同門好友蘇東坡，遠謫瘴癘之地的瓊州了。

記得有一段記載說，東坡於貶謫期滿歸來時，抬頭見江南山水秀美，不由得又高興起來，隨口吟了兩句詩：「未到江南先一笑，鳳凰樓上望鍾山。」沒想到那時宋主剛剛去世，東坡的政敵就藉此指責他「國喪期中，怎麼可以笑，明明是一股怨氣未消，不滿意朝廷的幸災樂禍心理。」真個是欲加之罪，何患無辭。只怪那時資訊不發達，東坡先生如能像今天似的看到電視新聞的特別報導，他也許就不作那句含「笑」

的詩了。

不過此事與王安石無關，那時他已經下了台。不然他也不會那麼懷念舊友，邀他去同住了。

——原載民國八十二年七月十二日《世界日報》副刊

環保的聯想

國內一位文友在一份青少年月刊上寫了一篇文章，勸諭年輕朋友愛惜物力，減少浪費，培養環保意識。她舉了許多實例，語重心長，令人感動。

我們日常生活中不經心的浪費，也是製造垃圾的主因之一。比如現代人都以小包面紙代替手帕，廚房裏都以紙毛巾代替抹布，公共食堂的保麗龍盤碗竹筷，用過就丟棄，既衛生又少卻洗滌的痲煩。但也因此每個人都成了垃圾製造者。

我出生長大在農村，對自己的種種浪費，內心總有一份罪孽感，但又無可如何！平常我總是把「留之無用、棄之可惜」的玲瓏瓶罐和紙盒等，收在地下室的紙箱裏，可是愈堆愈多，最後總是被外子搬出去扔掉，譏我是十八世紀頭腦的「今之古人」，落伍得無可救藥。最近在超級市場發現一種叫 Heavy Wiper 的抹布，質地厚實又柔軟，可以多次搓洗、晾乾再用。我如獲至寶地買了分寄好友，也是一份芹曝之獻的快樂心情，後來再去買卻已絕跡了。想是美國主婦已沒心情與時間搓抹布，商品無人過問，只好停止出產，真是好可惜。

去年回台灣時，常在旅舍附近麵包店買點心。服務小姐總是每件小蛋糕裝一個漂亮透明塑膠袋，我說：「兩個放在一個袋子裏就可以了。」她奇怪地瞪我一眼說：「裝在一起不是把奶油都壓得糊塗一片，不漂亮了呀！」說得也是。我只好謝謝她的好意。看她那燦爛的一笑，一定認為我是個有福不會享的鄉巴佬吧。

那時我每天走過餐廳門口，看堆積如山的大尼龍袋裏，裝滿了用過的餐具。心裏擔憂這些垃圾都往哪兒扔呢？焚化不也造成嚴重的空氣污染嗎？每天燒垃圾，不是要熏得天空一片灰濛濛嗎？

記得有一張漫畫：一個老師叫小學生畫蔚藍的天空中小鳥停在電線上。小學生畫的卻是灰濛濛一片，電線上也沒有小鳥。老師問：「天空怎麼不是蔚藍的？還有小鳥呢？」小學生說：「我只看見一片灰濛濛，小鳥都死掉了。」

蔚藍的天空，是不是離人間愈來愈遠了？

回想我童年時代，從沒聽說過「尼龍」、「塑膠」這些名詞。直到抗戰時期避亂鄉間，在上海工作的一位表叔，託人帶了兩雙長統絲襪給表嬸，信中說這種絲襪不會破，叫作「玻璃絲襪」。真是天下奇事，玻璃怎麼可以做絲襪呢？全村為之轟動，扶老攜幼都來看「玻璃絲襪」開開眼界。母親瞇起近視眼瞄了一下說：「什麼玻璃嘛！像豬油皮似的，辰時穿了，戌時就破。」這是母親形容東西不堅牢的口頭禪，於是表嬸就叫這雙襪子為「辰戌襪」，真的一穿就破。因為她一雙做粗活的「百裂手」，一拉就把嶄新的絲襪勾個大窟窿，馬上一路溜絲溜到底。

母親從不相信洋裡洋氣的東西，認為山鄉土產最堅牢。但是土產儘管堅牢，她仍是極節省地用。比如紙吧，我家鄉是產紙的，那時所稱的「頭類紙」，就是一等好紙，細軟光潔有勝於日本的上等棉紙。我童年時就用這種紙習字，寫了大楷小楷，經老師批閱以後，都由母親一張張收起來，積多了就用來引火，一點不捨得蹧蹋。母親連包粽子的竹葉，剝下來都要洗刷了晒乾當引火的柴燒。其實山上的草柴取之不盡，長工們都勸母親不要太辛勞，母親說：「你們年輕人吃了上一餐，不顧下一餐。做人要在有時思無時，不可常把無時當有時。」於是她的「多神論」就來了，她說樹木有神，水、火、土都有神，樹砍多，水用多了，土挖太深了，神佛都會生氣，不是水淹全村就是大旱荒年。人要惜福積福，才得風調雨順，四季平安。

現在想想，老一輩的經驗之談，並不是迷信，而是很合大自然的生息和環保原則的呢！

母親常在做活兒時喃喃地念經，念的就是「水神經」。因為廚房裏水用得最多，她要念經表示對水神的感謝。我至今都還記得：「早起一卷經，水神聽我吟。不論葷素口，心誠自然靈。天天用水多，刻刻感恩深。手做活兒口念經，一天念得三四卷，勝似家中積金銀。黃金白銀帶不走，只帶心中一卷經。西方路上有金橋，無福之人橋下過，有福之人橋上行。虔心但念彌陀佛，萬朵蓮花遍地升。」

每年年終拜水懺時，母親都命我跟著念。她一生辛勞悲苦，期望的就是踩著金橋，往生遍地蓮花的西方極樂世界。所以她臉上總是帶著安慰的微笑。

舊時代的長輩，以身作則教子女們養成節儉美德，孩子們都能乖乖地依從，看看現代的孩子就不一樣了。有一次在朋友家，看他們的小女孩興高采烈地在一本厚厚的拍紙簿上畫圖畫，畫得不中意就拍的一下撕掉，再畫一張，才畫幾筆又拍的一下撕掉。雪白的紙張扔得滿桌，我一張張收起來摺好，她說：「畫壞的不要了。」我說：「好可惜，翻過來還可以寫字呀。」她高興地說：「奶奶，你喜歡這種紙呀，我家好多喲，都是廢紙呀。」我說：「廢紙扔太多了會使屋子裏不清潔。」她說：「可以燒掉呀！」我說：「燒多了也會污染空氣，我們吸了就會生病的。」她搖搖頭說：「不會的，因為屋子裏有空氣調節呀。」

我這個老古董奶奶，也不知怎麼對她解說才好。小小年紀，包圍在豐富物質的享受中，怎懂得愛惜物力？忙碌的雙親又哪有時間與心情適時教導孩子們？但願他們一生都永遠不虞匱乏才好。

國內外的報刊上、電視上，都在呼籲注意環保，節省能源，使我們唯一的地球，能延長壽命。其實，注意環保不只是為了整個人類的福祉，也是個人生活品德的培養。可是，面對整個社會的恣意浪費，任性製造垃圾，總不能不令人憂心忡忡。也許是洪水猛獸尚未到門前，地球的毀滅是億兆年以後的事，他們認為杞人憂天，豈不白白犧牲了眼前的享受呢？

記得多年前，在愛荷華一位美國友人家作客。看女主人將各種塑膠瓶罐，都別出心裁地予以利用，有的當缽子栽花，有的剪作燈罩，一件件都貼上手剪的鏤空彩色紙花，裝飾得十分別致美觀，增加了室內無限氣氛，真不能不佩服她的藝術匠心與節儉美德。今天美國的家庭主婦，多半仍是非常節儉的。我有一次在鄰居家小坐，好客的主人取出一罐玉米花款待我，她給我看塑膠蓋上刻的一句話：Please Keep Me for Next

Use.她對我說：「多可愛？我一直捨不得丟掉這罐子。」她的小女兒捧著罐子，邊吃玉米花邊念那句子，連聲說：「I love it.」這真是對兒童最好的生活教育呢。希望她愛玉米花也愛瓶蓋上的那句話。

去年我回台時，承一位出版社社長林蔚穎先生邀請我們文友參觀他的出版社。他除了贈送我們各種新書之外，還送了我們許多玲瓏的小記事本。他告訴我們，那都是利用印書切下的邊沿廢紙，加以精心美術設計，裝訂成小小記事本，中小學生都非常喜愛。這不但可以培養孩子們對日常生活的美感，和愛惜物力的好習慣，也可以減少紙張浪費和空氣污染。林先生真的是位有心人。

我知道國內早已發明一種叫作「再生紙」的，是為了減少環境污染，回收各種廢紙加工製成。這種紙摸去厚厚實實有一份質感，淺淺的灰藍色對眼睛有益。我也曾在電視上看到再生紙的製造過程，心中十分欣喜。國內也有雜誌採用再生紙，相信不是為了省錢，而是為了推廣宣傳。

「再生紙」三字充滿了一片新生希望。

但願我們的生存空間能由於有識者的鼓吹而日益改善。

但願我們唯一的地球長生不老。
但願天空永遠蔚藍。

兩個小女孩

兩年前回中國大陸，在上海一位朋友家中小聚。看他們的生活過得很舒適，陽台欄干上擺著一個鳥籠，裏面一隻羽毛美麗的小鳥，在孤零零地跳躍著。朋友八歲的孫女兒用一根竹筷子伸進去趕小鳥，——不是趕，而是使力地戳牠的翅膀，戳牠的腹部，戳得小鳥驚惶飛竄、吱吱尖叫，卻又無處可躲。我連忙阻止小女孩說：「你不要這樣戳牠，牠會受傷的呀！」她說：「我要牠跳，要牠唱歌呀。」我說：「你這樣欺侮牠，牠怎麼還肯唱歌呢？你如要牠唱歌，不如放牠出去自由自在地飛翔，牠就會高興地唱歌給你聽了。」她卻連連搖頭說：「我不要放牠，牠是我的鳥，是外婆買給我的。」我說：「既然是你的鳥，牠就是你的好朋友，你應當好好待牠呀。」她眼睛睜得大大地瞪了我好半天，把籠子一推說：「我不要跟牠玩了。」顯然的，她是跟我生氣了。我淡淡地笑了一下說：「好吧，我也不跟你玩了。」

又有一次，在去四川酆都的途中，停下來在一家小飯店休息，導遊從車裏取出可樂和杯子，分給大家喝。一個大約五、六歲的小女孩，背上背著比她小不了多少的小弟弟，站在我們旁邊呆看。小弟弟的頭搖來晃去地睡得很熟，小女孩的衣服很舊，袖口都破了。小手在深秋的寒風中凍得紅紅的，兩條辮子倒梳得光光亮亮的。我摸摸她的頭說：「你的辮子好漂亮，是誰給你梳的呀？」她好高興地回答：「媽媽給我梳的。」我又問她：「你今天怎麼不上學呢？」她說：「我們放農忙假，不上學，爸爸媽媽到田裏割稻去了，我要幫著照顧小弟弟。」她說話口齒清楚，胖嘟嘟的臉，比起上海那個欺侮小鳥的女孩，可愛得太多了。

我拿了一瓶可樂，遞給她說：「你喜歡喝嗎？」她搖搖頭說：「我不喝。」但她仍然站著不走，我想她是不好意思接受可樂，卻又捨不得走吧。我又對她說：「你拿著這瓶可樂吧，我們都很喜歡你。」她卻堅決搖搖頭說：「我不要，我只要可可。」我笑笑說：「這就是可可呀。」她很不好意思地說：「我只要空的可可。」我一時弄不明白她的意思。導遊說：「她是要空瓶子，空瓶子就叫做殼殼。」原來她要的是這個「殼殼」。

我心裏十二分的感動！這小女孩是如此的誠實，有禮貌。她的雙親一定有良好的教育，絕對不許她隨便接受別人東西的，她說「我只要殼殼」時那一臉憨厚的神情，使我感到農村居民的純樸和對孩子教育之注意，也越發為上海那個養尊處優的小女孩，連小生命都不懂得愛護而感到深深的惋惜。

一路上，兩個小女孩完全不同的神情一直縈繞在我心頭：一個是生氣地說：「我不跟牠玩了。」一個是輕聲輕氣地說：「我只要殼殼。」

媽咪，我愛你

——兩次難忘的情景

有一天，我帶了一盒自己做的紅豆棗泥糕給一位好友，她高高興興地接過去，聞香隊的小女兒馬上奔來了。母親蹲下去，把糕湊在她鼻子尖上聞一下，女兒馬上抱住母親的脖子，愛嬌地用英語說：「媽咪，我愛你。」

「寶貝，你是哪一國人？」媽媽問她。

「我是中國人。」她立刻回答。

「那麼你再對我說一遍中國話。」

「媽媽，我愛你。」她用中國話說，說得字正腔圓。

母親吻了她一下，才把一塊棗泥糕遞給她說：「這是李媽媽做的中國點心，棗泥糕。」

女兒邊吃邊蹦蹦跳跳地說：「哦，中國點心好好吃喲！」媽媽又一個字一個字地說：「這是棗──泥──糕。」女兒也學著說：「棗──泥──糕。」

我很感動地說：「你真不錯，一直提醒孩子說中國話。」她說：「我就是堅持這一點，要她在家裏一定得說中國話，我也絕不跟她說英語。否則的話，她長大點進了學校，全說英語，自己的中國話全忘光了。」

我說：「幸虧現在有熱心的媽媽們合力辦中文學校，在每個週末讓孩子們有機會讀中文、寫中文、說中國話。」

她嘆口氣說：「究竟還是一曝十寒，主要的是做父母的要能重視自己的文化背景。對兒女們從小就灌輸他們中國的倫理道德觀念和生活習俗，儘量講我們舊時代的感人故事給他們聽，希望他們長大後，在這個多元化的美國社會裏，不忘記自己的文化傳承。」

她一臉懇摯認真的神情，使我非常感動。她堅持要孩子用中國話說「媽媽，我愛你。」不正是最好的生活教育嗎？

這情景使我又想起很多年前，初來美時暫住皇后區。有一天早上，我在門前草坪上做晨操，看見一位美國母親陪她的小男孩在等校車，旁邊站著一個黑人小孩，孤零零的，沒有母親護送。不一會，車子來了，白人孩子臨上車時，回頭對母親說：「媽咪，再見。媽咪，我愛你。」冷不防後面的黑人小孩，竟狠狠地在他背上捶了一拳頭，因為他比較小，嚇得不敢回手。做母親的也只狠狠瞪了小黑人一眼，沒有作聲，目送校車開走了。

我呆呆地看著，忍不住對這位母親說：「男孩子到底比較頑皮好鬥。」

她淺笑一下說：「他不是頑皮，只是因為忌妒。」

「忌妒？」我有點不明白。

「因為我兒子對我說媽咪再見，媽咪我愛你，他卻沒有媽媽相送。」

「他沒有媽媽嗎？」

「他媽媽不會送他的，孩子一大群，哪有時間管他呢？」

「他捶了你兒子一拳頭，到學校可以告訴老師嗎？」

「這是小事，老師也管不了。真正大打架，哪個錯，就罰哪個第二天不許搭校車。有時連這樣的懲罰也很難執行，反正問題很多就是了。」她微喟了一聲，一臉無可奈何的神情，我也不便多問了。

我老是記得那個小黑人，孤零零地站著，望著白人母子，一臉渴望與寂寞的神情。他眼看他的同學有媽媽護送，上車時親暱地跟媽媽說再見，他不也滿心想抱著自己的母親，親親熱熱地說「媽咪，我愛你」嗎？

可是，忙碌的黑人媽媽，卻沒有時間在他身邊陪他，送他上車，怎叫他不忌妒呢？

可見，能說一聲「媽咪，我愛你。」就是無上幸福啊！

——原載民國八十二年六月二日《世界日報》副刊

飄雪的春天

再過三天，就是春分了。好可愛的節候名稱。詞人說：「上巳清明都過了，只是春寒。」清明以後還是春寒，何況半個月前的春分呢？遙想寶島台灣，此時已是和風麗日，陽明山上，定已櫻花如雲。合歡山頂的雪呢？想亦化得無影無蹤了吧！

我原是個愛雪成癡的人，總覺得春天的「楊花似雪」，遠不及嚴冬的「飛雪似楊花」更沉靜，更逗人遐想。每回聽廣播報告大雪將至，我總會興起一陣莫名的喜悅。盼望雪下得越大、積得越厚才好。老伴諷我「黃鶴樓上看翻船，飽漢不知餓漢飢」。想想大風雪中，街頭多少無家可歸的流浪漢，都將凍餒而死。我內心也感到萬分慚愧歉疚，但是除了冬令的區區捐獻之外，何能有廣廈萬間、收容天下寒士的力量呢？

想想我們自己真是非常幸運的，住的社區十二分安全，冬天晚間外出不必像在紐約街頭行走那麼戰戰兢兢。住宅環境的清潔工作，都由社區管理員負責。我們春天不必剪草，冬天不必掃雪。不比獨院住宅，屋主必須勤剪花木，整理草坪以美化公共環境。大雪天尤須掃除門前人行道上的積雪，否則如果經過的行人滑倒受傷，屋主是要負賠償責任的。

我心裏想著這些，卻閒閒的坐在窗前，看社區管理員穿戴得像個愛斯基摩人，使力的剷著人行道上的厚雪。大朵雪花飄落在他身上、臉上，看去鬚眉皆白。我手無縛雞之力，不能助他剷雪，只有趕緊泡一杯濃濃的咖啡，包幾個熱烘烘的韭菜餅，開門出去遞給他擋擋寒氣，也表示一份感謝心意。他接過咖啡，一飲而盡，捧起韭菜餅用嘴親了一下，卻馬上塞在口袋裏，說帶回去給太太孩子嚐嚐中國餅的口味，他的動作非常有趣。我問他冷嗎？他笑笑說：「工作中怎麼會冷？我身上還出汗呢！何況我邊剷雪邊想著小時候玩雪的樂趣，回家講給孩子聽，心裏越發暖烘烘起來。」看他雙頰紅紅的，兩眼發光，一副興高采烈的樣子，他真是可敬又可愛。

他告訴我們，「這批房子風水很好。一幢幢連綿圍成一圈。正北方有高聳的老人公寓擋住了大風，晚上社區路燈亮起後，從陽台上望出去，燈下的飛雪才美呢。」他又補了一句，「自己暖和的賞雪，可別忘了風雪中受凍的人。有空時把不再穿的冬衣理出來，打個電話請救世軍來收取吧！」

真感謝他的提醒，他負責又熱心，使我十二分感動。

有一個最冷的大雪天，我們的暖氣忽然發生故障，是因為屋子外面的發電機被大雪封住，停止工作。屋內角樓上的備用機器不勝負荷也停擺了。臨時緊急措施是把廚房爐灶的四個爐口全扭開，再把從台灣帶來備而不用的三台電爐都插起來。才熬過一天一夜。第二天打電話給我們投保的冷暖氣公司求援，回答是已有一百多家登記在排長龍，而且配件也買不到了，如不能耐心等待，就試試看另找別的電氣修理站。可是打了無數電話都派不出技工，靈機一動，就求助於一位老友的太太，她是能幹的房地產經紀人，平時與各電器修理站都有密切聯繫。她大雪天坐在辦公室中指揮若定，知道我們的情形，就立刻打電話聯絡一位技工，說會很快就來，我們才一塊石頭落了地，知道自己不會凍死。但也直熬到晚上十點以後技工才來，爬上閣樓給機器換了零件，機器馬上就開動了。但一開水龍頭，水不來了，抽水馬桶也扳不動了。技工說是因為房子沒有暖氣，管子結冰了，過一回兒化冰就好了。他提醒我們凡遇氣溫降至華氏零下十幾度，又遇暖氣故障時，就要把所有水龍頭扭開，保持「細水長流。」他對我笑笑，語意深長的說：「活水才不會結冰啊！」我看他壯健的身軀，靈活的動作，邊工作邊笑語琅琅，在天寒地凍中散發出一股暖氣。我才深深領悟「活水才不會結冰」的道理。像我這樣一個毫無科技常識的人，平時本就四體不勤，遇上一點點小事故就驚慌得手足無措，真是連血液都會結冰了，還能有什麼活水呢？

在電視中，看到男女記者們都在大風雪中口若懸河的做報導，攝影記者從旁作有趣的場景穿插。一個小孩把一根尺插入雪中，要量量雪有多深，還不到幾小時，尺就被埋掉了，小孩哭起來叫「我的尺呢？我的尺呢？」還有一對新人要舉行婚禮，可是化妝師因風雪太大，不能準時趕到，急得新娘團團轉。記者幽默的說：「新人忘了打個電話問問天公再訂吉日了。」有個坐在室內報新聞的記者問外勤記者「你被埋掉了沒有？」他回答說：「沒有，我只是被堆高了。」他的話使我想起「黑狗身上白，白狗身上腫」的詠雪妙句。

公路上有輛小轎車拋錨了，陷在雪中，經過的車子就停下來協助修理。記者也幫著推車，充分發揮了人類互助的精神。想起報載竟有暴徒搶計程車司機的不法情事，人性的善惡，怎會有如此的天淵之別啊？

拉瓜地機場有一架飛機起飛時，因地面冰凍太滑，失去控制滑出跑道，機頭幾乎衝入海灣，幸無死傷。一位乘客被訪問時，笑嘻嘻的說：「我很幸運正坐在飛機的最前端，使我有機會體會那一髮千鈞的危險情景，和知道自己還活著的那份喜悅。」這正是老莊哲學所謂的「生死津頭正好玩」吧！

大雪以後，就聽剷雪車隆隆的剷除公路上積雪，並撒以大量的鹽，為了交通安全，服務人員的辛勞可以想見。據說連溶雪的鹽都供不應求了，天公真是作美。

天雖放晴了，雪卻一直未溶，窗外光禿的樹枝掛滿了晶瑩的冰珠，傲岸的搖曳著。經過一番風雪嚴寒，春來定將發放更茂盛的新枝嫩葉吧！

一開始溶雪，「景觀」可就大大的不同了。使大地潔淨、使人間公平的雪，都被剷掃堆積在路邊，蓋上一層層的塵土和泥漿。只好稱之謂「白山黑水」或烏雲蓋雪，卻再也說不上一個美字了。

還將有一場四至六吋的小雪呢！春天真如捉摸不定的少女脾氣，這第十七次的雪，該是少女的臨去秋波了吧。寫至此，想起羅蘭的名作《飄雪的春天》，乃借以為題，想好友當不以為忤吧！

——原載民國八十三年四月七日《中華日報》副刊

電腦與煩惱

機器是老伴的最愛，各種各樣的機器，堆滿了地下室，也不知都是做什麼用的。最近還有朋友勸他買一架傳真機，可以節省許多精力與時間，我卻堅決反對，並非捨不得錢，而是因為我除了電話機之外，對一切機器都有反感。比如他每回用那龐大如牛的吸塵器吸地，呼呼呼的噪音就嚇得我比老鼠蟑螂逃得還快。每月幾次的吸塵，我真擔心會被嚇成老人癡呆症。他卻得意的說：「現在是尖端科技時代，科學家為我們發明各種方便的機器，捨而不用，豈不辜負了他們的好意，也是愚不可及。」他真是恨不得連三餐飯都由機器人餵呢。

我卻認為天生吾「手」必有用，不可全依賴機器。就拿洗衣服來說吧，你能命令機器在領圈與袖口多搓一把嗎？還不是得先用手抹上去污水才洗得清潔！我們一家兩口，每頓飯後三兩個碗碟，用得著洗碗機洗嗎？如有好友光臨，都是請在館子裏吃，可以隨心暢談，更用不著洗碗機服務。最令人惱怒的是他說洗碗機長久不用會失靈，為了保護機器，他總是定時的把我洗得乾乾淨淨的碗碟，再擺入洗碗機重洗一遍，絲毫無視於我以勤勞雙手所做的清潔工作。

他偶然心血來潮時，要幫我切菜，我只好點頭表示接受他的善意。他就恭恭敬敬的請出他的切菜機，得意的對我解說：按A鈕是切片，扭B鈕是切絲，套上C配件是磨粒子，換上D配件是打醬。待他一一解說完畢，我早已把菜做好，恭請他上桌進餐了。

我多次勸他不要過分依賴機器，弄得四體不勤，他卻說這是生活體認。人生在世，每時每刻都在吸收新知，於不斷的學習中，可體認得無窮樂趣，領悟人生哲理。其實，他所謂的吸收新知，無非是一份好奇，他對什麼都好奇，當然更包含各種新出版的書籍。每回逛書店，必定抱回一大堆的書，其中必包含一本辭典。我抱怨書已氾濫成災，有的書只要在書店裏看個大概就可以了，何必買呢。他大搖其頭說：「不行、不行，每本書都有它的特色，尤其是辭典，只要有一兩句話、一兩個字使我有所會心，就值回票價了。何況有許多書是備參考非供閱讀的，偶一錯過，就將有書到用時方恨少的遺憾。」他就是那麼言之成理。

我翻翻他滿桌的書，每本都只看上十來頁。卻用紅筆、藍筆、黃筆，畫得五彩繽紛。問他內容都說些什麼，他笑而不答，箇中樂趣，非我這淺薄之人所能知也。

我說：「我的恩師當年誨諭我，凡是真正用功讀書的人，必須是案頭書要少，心頭書要多。你的書都堆在案頭，胸中可有點墨呢？」他大笑說：「你恩師的話，是對你這種不肯用功的懶學生說的，真正是誤人子弟。你若真是心頭有書，就不會嫌案頭書多了。」

我被說得自己也困惑起來，只好悻悻地走開了。

他又宣佈，堆在書桌外圈的書，可以搬到地下室去，和心愛的機器堆在一起，以備不時之需。排在書桌內圈的書，是隨時取閱的，儘管看上去很亂，卻是亂中有序，叫我不要去碰。偏偏我和他共用一張大書桌，一座大檯燈，他那「亂中有序」的書，就漸漸侵犯到我的領域來。有一次他找一本有關電腦的書，在書桌的裏圈外圈找遍了都沒有，卻被我輕易一翻，就在我的稿紙堆裏翻出來了。我笑問他：「你研究電腦，你的電腦分類法怎麼一點不管事呢？你可知道你的電腦，增加我多少煩惱嗎？」

我這個「今之古人」，是多麼懷念舊時代的簡樸生活。想起那時老長工阿榮伯劈劈拍拍撥著算盤幫母親記家用帳，我就坐在他懷裏玩那晶瑩的牛角算盤子。嘴裡也學著阿榮伯唸口訣：「一上一、二上二，三上加五下落二——」加法可以背到一百哩。那個靈活的算盤，不就是今日的電腦計算機嗎，可是算盤是那麼的可愛，可以翻過來在桌面上滑來滑去。嘴裏嘟嘟嘟的喊：「火車來囉，火車來囉！」哪像今日孩子們的電腦玩具，捏在手中亂按，看得人頭暈眼花。我真擔心正在發育中的孩子們玩多了這種玩具，都會變成四眼田雞呢！

他卻笑我杞人憂天。他說四眼田雞的小孩，長大後會顯得更有學者風範，因為他們自幼就有電腦淵源。不會像我聽到電腦就緊張，十足的鄉巴佬。

在我的生活中，與我關係最密切的是電燈與電話。幸得此二者都與電腦無關，所以不必緊張。有時給朋友打電話，聽到對方是答話機在回話，我就馬上掛上話筒，因為我不願對機器說話，寧可過一會兒再打。我們的電話機原是老式的，愛好新奇的他偏換了架多功能的按鈕電話機。底盤上鈕子各有各的作用，像螞蟻般的號碼要戴上老花眼鏡才看得清楚。像我這種笨腦筋，根本不能適應這樣複雜的機器。有時通話到一半，談興正濃，忽然話筒中怪聲大作，嘎然斷線，不得不低聲下氣向他求援，他就正色的訓我一頓，要我好好學習適應時代，仔細閱讀電話機的說明書。我心中十分惱火，他卻認為這是對我的機會教育。

左思右想，我總是不服氣，電腦真的萬能嗎？就拿寫文章來說，你即使把所有「風花雪月」、「風雨陰晴」、「喜怒哀樂」等等的辭彙都輸入電腦，它能為你寫出一篇蕩氣迴腸、一唱三嘆的文章嗎？據我所知，許多會用電腦的朋友，也說對著冷冰冰的電腦按鈕寫文章，靈感就沒有了，可見電腦終歸不如人腦。因為電腦是機器，機器是沒有心的。沒有心的機器，即使由你操作得再熟練，又何能婉轉傳遞心靈中千變萬化的感受呢？

依基督徒的說法，人類原是由全能的上帝所造的。上帝創造了天地，再創造亞當與夏娃，給他們吹一口氣，賦予他們生命，也給了他們幸福與煩惱。區區電腦，在上帝的恩賜中，無非九牛之一毛，那麼我又何必為微不足道的電腦而懊惱呢？

幸得電腦再神通廣大，究竟是沒有「心」的機器。儘管他喜歡機器，想玩電腦，遇到他偶然興致來時，也要寫文章，於字斟句酌之際，仍得求助於我這個毫無電腦觀念的笨腦哩！

——原載民國八十二年十二月十五日《中華日報》副刊

似海師恩

民國二十五年，我卒業高中時，遵嚴父之命放棄了進北平燕京大學外文系的美夢，進了杭州之江大學中文系。為的是得以追隨浙東大詞人夏承燾先生，讀書學詞。

第一天上課時，夏老師在黑板上寫了「瞿禪」二字，對我們說：「這是我的號。因為我清瘦，雙目瞿瞿、又多鬚。鬚與禪音相近，故號瞿禪。但禪並非一定指佛法，禪也在聖賢書中，詩詞文章中，更在日常生活中，都要細心體味。」

老師的話初聽似乎很玄，但後來聽他講解名篇，或追隨他遊山玩水時，他常將禪理寓於平易又富情趣的比喻中，使我們自自然然地心領神會而不覺其玄了。我們最喜歡聽他以濃重鄉音朗吟詩詞，凡經他吟唱過的，便能入耳不忘。也就學著他抑揚頓挫的調子吟唱起來，一面回味老師慢條斯理的啟迪。他說讀書會使人的心胸愈來愈開闊，可以上接古人、遠交海外。讀到入神時，覺得作者會從書中伸手與你相握，那一份莫逆於心的歡慰是無言可喻的。

他對弟子的期望是溫而厲。曉諭我們：讀中外名著，都應勤作筆記，從其中體認的不僅是文字上的技巧，更重要的是如何砥礪志節，也正是陸放翁所說的「書外有工夫」。

恩師名言，時時在心。回憶抗戰初期，四所基督教聯合大學在上海公共租界慈淑大樓復校，得以弦歌再續。瞿禪師依然是飄飄然一襲青衫，授課時總予人以「長風不斷任吹衣」的瀟脫而穩定的感覺。（「長風不斷」是他自況的得意之句）那時我因遠離故鄉常抑鬱不能自遣，習作〈惜紅衣〉詞中有「愁到眉山，絲絲都凝碧」之句，有一位同學因思親賦〈金縷曲〉云：「只道慈親眉不展，到今朝我亦眉雙聚。」恩師看了卻笑嘻嘻地說：「你們年紀輕輕的怎麼要強作愁地皺眉頭，凡人哪裏能事事如意，但越當藉此磨練心志。你們能在戰亂中安定地讀書就是幸福。千萬惜福，勿為閒煩惱耗融心血，專心學業，會使你化煩惱為菩提，菩提就是智慧。」

上恩師的課，從不感到沉悶。因他常喜歡穿插點自嘲的笑話。有一次，他唸了首十七字詩：「老師有三寶，太太、鋼筆、錶。莫再想兒子，老了。」引得全堂大笑。

他也常化繁為簡地用三個字指點我們：寫文章的要訣是傳「真」、傳「神」與傳「情」。才能引人共鳴。讀書時思維要「精」，務求深入了解；理念要「新」，不受前人思想局限；心情要「輕」，見賢思齊固然難得，但求好之心不必太切，以免心理負擔，要樂讀而不是苦讀。我最喜歡的是他作筆記的「三字訣」。他說本子要「小」，以便隨身攜帶，記的字數要「少」，記其精義是訓練文字技巧之一法。更有一個「了」字，就是對所讀之書深切的領悟。

「三字心傳」，使我們永誌不忘。

恩師不僅以詩詞文章教，亦以日常生活教。有一次我們一同擠電車，因受司機惡言諷刺而生氣，他卻笑嘻嘻地說：「想想他整天開車多辛苦？哪像我們幾分鐘就下車一路談笑的輕鬆。若能設身處地一想，就不會生氣反而同情他了。」他充滿人情味的教誨，使學生們一生受用不盡。

最有趣的是他幽默地說自己很笨，才不得不用功讀書。他解釋「笨」字是「本」上加「竹」，「竹」是書冊，表示讀書是做人的基本。我真但願能做一個飽讀詩書的笨學生，到今朝也不至碌碌無成，有負恩師厚望了。

在畢業時，他預贈我們每人同樣的一副對聯：「欲修到神仙眷屬，須做得柴米夫妻。」誨諭我們將來成家以後，要能體認夫妻同甘共苦的滋味，才是真正的神仙眷屬。

畢業後我回到故鄉永嘉，恩師不久即轉任浙大教授而去了雲和。師生睽違中，他仍常賜書勉我讀書習字不可一日間斷。四子書仍當多多溫習。他自覺平生過目萬卷，總以論孟為最味長。他讀了西洋名著小說，就勉我：「以汝之性情身世，亦當勉為此業，期以十年，必能有成。」可是多少個十年飛逝了，我卻未能寫出一部長篇小說來，如今已兩鬢飛霜，真不知拿什麼告慰恩師在天之靈。

恩師的《天風閣學詞日記》，七十年中雖歷經兵亂而無一日間斷，在北平先後由繼室吳聞師母整理出十年的日記，印行傳世。此不朽之作，不僅是詞學上的極大貢獻，尤可以從其中體認一代詞宗一生為人論學的嚴謹態度。

吳聞師母遵遺命將恩師骨灰分一半安葬在浙江淳安縣的千島湖風景最美之處，另一半則移回樂清，與元配師母葬於雁蕩山麓。我不免追憶恩師一首〈鷓鴣天〉詞中句：「抛卻西湖有雁山，扶家況復住靈岩。」靈岩即雁蕩山，他也曾一再地說「不遊雁蕩是虛生。」可見他對千島湖與雁蕩山都是一樣的心愛。名湖名山都有幸，恩師在天之靈亦當無憾了。

了。

令人傷痛的是吳聞師母不及完成整理遺著工作，在一年後因心臟病突發而逝世

前年我回大陸，專程到杭州驅車至千島湖祭拜恩師之墓。看墓碑上刻有恩師簡歷，由吳聞師母與另一位王蘧常老師具名。用隸書寫的一副對聯：「雁蕩天風，宇宙神遊詞筆健。滄茫煙水，湖山睡穩果花香。」可以想見恩師對雁蕩名山的神往。

那一天氣候陰寒，我在墓地俯仰低迴。想到師母與王老師都已先後作古，慨嘆「青山本是傷心地，白骨曾為上塚人。」緬懷往事，翹首雲天，焉得不淚下沾襟呢？

輯三

文人與書生

文人與書生

涵碧在信中提到文人與書生的不同。她說：「一般人都把文人與書生混為一談，讚美滿腹詩書、性格又有點突出的人，為有文人氣質，或書生本色。其實只有書生才有本色，文人實在說不上什麼本色。」

我非常同意她的看法。書生是真正的讀書人，沉潛、謙沖、虛懷若谷，彬彬君子。而文人只是舞文弄墨，或黨同伐異，自我標榜。或譁眾取寵，亂人耳目。書生有所為，有所不為，而文人可以無所不為。吾人常歎「文人無行」，卻沒說書生無行，倒有讚書生骨氣的。

讀書著述，要做文人或做書生，只在一念之間，差以毫釐，謬以千里。晉代的陶淵明是書生，竹林七賢只能算文人，因為他們標新立異，偏激、癲狂（不是狂狷），自鳴清高，傲慢造作。司馬光、范仲淹、歐陽修、蘇氏父子，是大儒，也永不變其書生本色。他們都有高瞻遠矚的政治識見，與憂國憂民的偉大襟懷。儘管彼此間有不同的主見，但都是大公無私的論辯而非攻訐。蘇老泉在歐陽修家中，見到王安石，說他「囚首垢面而談詩書，亂天下蒼生者，必此人也」，是因為王安石的衣冠不整，不修邊幅，生怕他「一身之不治，何以天下國家為」，也並非對他的人身攻擊。王安石當政以後，變法失敗，固然是由於保守派的阻力，一半也是由於他剛愎自用，無知人之明。可見他仍是一半文人，一半書生，沒有把五車的書全部讀通之故。

蘇東坡儘管在政治上受了許多打擊，卻能坦然處之，對於王安石仍懷有無限故人之情。王安石退位後臥病金陵，東坡去探望他，王安石心感之餘，倒很想東坡能與他比鄰而居。東坡作了一首詩答謝他的美意：

騎驢渺渺入荒煙，想見先生未病時。
勸我試謀三畝宅，從君已覺十年遲。

從君已覺十年遲，是多麼深沉的感慨。想當年先生未病之時，叱咤風雲之日，東坡卻遠謫瓊州瘴癘之地。他給弟弟子由的詩中，還豁達地說：「他年誰作輿地志，海南萬里真吾鄉。」

比起韓愈被貶謫時的愁苦萬狀，歎「馬後桃花馬前雪，出關那得不回頭」，心境開闊高遠得太多了。

因此我覺得蘇東坡真有歷久彌堅的書生本色，難怪他的知友佛印和尚讚美他「胸中有萬斛書，筆下無一點塵」。

修練到「筆下無一點塵」的境地，豈是容易的？所以文人與書生是有差別的，是不可同日而語的。

——原載民國七十六年五月二十二日《世界日報》

恩師的誨諭

數十年來，每於伏案寫作之時，總會想起當年恩師夏承燾先生的許多誨諭，心頭感到十分的踏實溫暖，也有助於我寫作的靈感，願記其一二，與同好共享：

恩師說：一個有自信心的作者，必須也是一個虛心的讀者。作者愛惜自己的文章，讀者愛惜別人的文章。能愛別人文章，自己胸襟就會開闊，文章境界也隨之提升。

他自己不寫新文藝的語體文，卻非常喜歡讀。每讀到一篇好文章，必定遍告諸生，用他濃重的鄉音說：「奶（你）們快快讀，寫作的靈感是讀別人文章讀出來的。」他常常愛說的「年來書外有工夫」，大概就是指這方面的感受吧！

最使我深思的是恩師有幾句話：「文章要以心寫，不是只用腦寫。從心裡寫出來的，才見真性情，用腦子寫出來的，只偏重文字技巧。與其文勝質，寧可質勝文。」無論是理論文章或抒情文章，他都重視一個「誠」字。抱持一顆「誠心」而寫，雖不中亦不遠矣。

他認為「心靈」與「智慧」是兩回事，智慧有高低之分，而心靈是人人相通的。只要是從心靈裡流瀉出來的文章，必然能引起人的共鳴。

關於文章的繁簡，恩師作了個有趣的比喻。他說譬如泡茶，茶葉的多少要恰到好處，喝起來才清心可口。太濃了苦澀，太淡了乏味。會品茶的人，是品味每口水裡茶的清香，而不是嚼茶葉。所以茶葉不能太多，如同寫文章不能把太多的材料擠在一起。濃得化不開，讀者就只嘗到茶葉的苦澀，而品味不到茶水的清香了。

——原載民國七十六年五月二十九日《中華日報》副刊

讀詩的聯想

詩與散文不同。詩是點，散文是線。詩是語言中最精美的，細膩、深邃、含蓄。詩能言散文之所不能言，但又不欲道盡散文之所能言。只讓你隨著詩人的想像，詩人的哀樂，輾轉迂迴而自得之。

人在急躁中不能讀詩，在憤怒中不能讀詩，在憂傷中不能讀詩，必須是心情平靜如一泓清澈的潭水時，才能領略詩中妙趣、逸趣、情趣甚至是理趣。

關於讀詩對心靈上的感受，余光中先生作過一個比喻，他說：「讀者讀詩好比賞花，學者讀詩好比採花，詩人讀詩好比採蜜。」比得相當恰切。這是講讀詩者的身分、修養不同，而心情各異。讀者對詩無所偏愛，無所選擇，只輕鬆地閱讀或吟唱，有如面對滿園萬紫千紅無不讚賞。而學者是以研究批評眼光讀詩，正如要看到自己真正喜愛的花才採。而詩人呢?心思細密,在詩中必須領會其精華所在,好比連花本身都不能滿足,必須是由花釀成的蜜,才夠他的品味。

余先生還做了個更有趣的比喻。他認為「讀者讀詩如初戀,學者讀詩如選美,詩人讀詩如娶妻。」比得更為切實,生活化,仔細體味,令人莞爾。

一個人在初戀時往往一見鍾情,無所選擇的盲戀,也許終身以之,也許一朝棄之。胸無成竹的一般讀者讀詩正是如此,早期極愛的詩,也許以後讀得多了,覺得以前所愛的不值一顧了。這無關於詩的好壞,只是讀者自己心情的轉變。學者則是純以冷靜客觀態度分析詩,有如評判員選美,有其客觀尺度條件,不為耀眼的表面美麗所迷亂。而詩人是癡的、任性的、死心眼兒的,愛一首詩永誌不忘,也像愛一個人,要娶她為妻,終生相伴。

由於讀詩,想到做學問,豈不也是如此。這三種人的讀詩心態,可比作一個人作學問的三個階段。第一階段是無所選擇地博覽群書。讀多了以後,心中自然培養起識辨力,要選自己興趣接近的,或是與自己所研究有關的書來看,看的多了、選擇的多了、吸收的多了,就漸漸融會貫通,產生了自己的創見。寫出自己的心得文章,這不就是由賞花而採花而釀蜜嗎?由初戀而慎重選擇而成家立業嗎?

張心齋比喻一個人讀書的三種境界說：「少年讀書如隙中窺月，中年讀書如庭中賞月，老年讀書如臺上望月。」比得何等空靈。隙中窺月有一份神祕感，正是少年人的好奇心。庭中賞月則胸襟開闊，悠然自得。到了臺上望月的境界，則已是超越於塵埃之外的化境了。

——民國七十六年六月十七日

中年讀書

最近收到一位好友女兒的信，暢談她於百忙中擠出時間讀書的快樂。她說：中年讀書，感覺上和少年時代讀書完全不同。現在讀書不但能深入的欣賞，也懂得以自身生活糅和在一起來體驗。讀到會心之處，真個是樂以忘憂，好似與作者促膝談心，握手言歡。她只恨時間太少，不能反覆咀嚼。

我覺得像她這樣一位有三個孩子又兼一份沉重工作的職業婦女與母親，能每天讀書又深入思考的，實在不多。她不但有系統地讀中外名著，還瀏覽國內各種報刊，遇到我們彼此都有興趣的文章，就在通信或電話中共討論，樂也無窮。

她還選修了一年西洋文選，體會每本名著的特色，對於卡夫卡的《變形蟲》，認為是想像之極致，也可看出二十世紀許多作品與科幻小說，都深受其影響。她問我中國舊文學中富幻想的小說有些什麼？我只想到《鏡花緣》、《西遊記》與《聊齋》。我自己比較喜歡《聊齋》，不僅是那些人鬼的戀情，道盡了人世的蒼涼，而作者對人情世態諷刺的冷筆，尤引人深思。

這位朋友求知慾非常強，永遠有「學如不及」的遺憾，套句現代語，真是時時在求「自我突破」，古語就是「苟日新，日日新，又日新。」暑假裡，她去學攝影，七星期的課，每週三天，每天三小時，她自況為「拚命三郎」，可是發現自己的攝影作品總有一份「朦朧之美」，原來是三年來未驗光的近視眼鏡度數已不對，近視減低，開始老花遠視了。

這就是她中年讀書之樂。我真是深為她求知的精神所感動。說來慚愧，她還稱我一聲「老師」，因為三十多年前，她曾經一度是我的私「塾」學生。一個十五歲的小姑娘，每星期兩個晚上，揹著沉重的書包，帶著兩個弟弟，一同到我家來讀古文。在我那間透風漏雨的違章建築裡，對著那三張純真樸實又聰穎的臉，我不知道自己的講解能對他們有多少啟發。但他們對我的信賴，和給我的溫暖，至今時時在心。也由於他們對讀古書的誠懇態度，濃厚興趣，引發我願於法院工作之餘，再兼一份教職的念頭。

時光怎麼如此快就飛逝了。他們姊弟三人，自高中而大學而出國深造而成家立業。如今這個揹書包的小女孩，竟也已入中年。而且鍥而不捨地在讀書，在深深體會「中年讀書」之樂。

而我呢？年已古稀，應該是第二個讀書歷程的開始了。可是看看這位年輕的學生，不免為自己的懶散感到慚愧。張心齋說：「中年讀書如庭中賞月，老年讀書如臺上望月。」我卻不知道能否有這份毅力與智慧，登上高臺，一賞澄明清澈的月色，予心靈以忘我的啟示呢！

——原載民國七十六年九月《婦友》

悲劇與慘劇

最近一位年輕的朋友給我來信說：「我喜歡讀小說，但只喜歡讀悲劇，不喜歡讀慘劇。因為悲與慘不同，悲能引人深思，慘只是叫人絕望。」

這話很對。悲雖痛到心底，但痛定思痛之後，會萌起一絲溫厚的寬容，從寬容中產生希望，從希望中體會到生命的價值與意義。因為在悲劇中沒有仇恨與殘殺，只有容忍與犧牲。

而慘劇呢！我認為恰巧相反，它總是盡量挑起彼此的仇恨，盡量暴露人性的醜惡面。明明可以獲得圓滿結局的事，卻要故意搞得天下大亂。把一個個角色置之死地而後快，把讀者的心刺得出血而後快。

我不願虐待自己，所以也不忍看慘劇性的小說。

但我們不能掩耳盜鈴，因為人世間原不僅充滿悲劇，還有更多的是慘劇。如大陸的十年大動亂和最近天安門前中共政府軍的盲目掃射同胞們阻止愛國運動。如多年前南美洲蓋阿拿叢林異教信徒的集體自殺，如打得難解難分永無結束的兩伊戰爭，如南中國海越南難民的逃亡而死，如中外社會上經常發生的弒父殺夫、搶劫、分屍等等，哪一件不是慘絕人寰，令人不寒而慄？我們能像鴕鳥似的，視而不見，聽而不聞的逃避嗎？面對這些慘劇，只有無奈地悲歎嗎？

在這種矛盾的情感下，除了祈求上蒼，多懷好生之德外，一個從事寫作的人，更當本著文學良知，多多寫發揚人性善良面，人生光明面的文章，期能力挽狂瀾，化社會的戾氣為祥和。即使描繪慘劇與黑暗面到了入木三分，其用心應當只為喚起人類的同情心、愛心。這才是滿懷悲憫，這才是寫慘劇與寫悲劇筆觸上的區別。

時至今日，我國的文學思潮深受西方文學各種不同派別的衝擊，於是一知半解、東施效顰者有之，標新立異、譁眾取寵者有之，菲薄中國傳統文化美德、文學精粹而一味崇洋者有之。文壇顯得一片紊亂與怪異，這是誰之過呢？我真有點茫然。

有一次，一位美國朋友爽直地對我說：「你的作品，怎麼總是這樣溫溫的，人性那有這麼善良？這種容忍的結局太不公平了，我不歡喜，要『狠』呀，寫得狠一點。」

我無言以對。因為我狠不起來，我也不願跟在時髦作家「後面」學狠，我有我的文學主張，我寫的是悲劇不是慘劇。

——原載民國七十六年十一月二十五日《中華日報》副刊

眼高手也高

同許多讀者朋友談寫作時，大家最喜歡說的一句口頭話，就是「眼高手低」。認為自己有相當高的欣賞力，但一到提筆為文時，就深感筆不從心。幾經挫折以後，乾脆放棄寫作，只做個欣賞者了。

「眼高手低」這四個字是非常誤人的。多少已引發的靈感被打消了，多少可能產生的好文章煙消雲散了。都只因「眼高手低」的自我調侃，因而漸漸失去了創作的興趣與信心。

其實，鑑賞與創作二者是相互激發而不可分的。有了高水準的鑑賞力，自然會引發滿腔創作的熱忱。而就心靈活動方面來說，鑑賞與創作是應該在同一個水準上的。記得俞平伯先生曾說過一句話：「能鑑賞就能創作，因為你已經同作者的心靈相通，和他在一個水準上了。」（大意如此）這是一句對青年朋友極富鼓勵性的話。我也認為，只欣賞而不創作是懶惰。「眼高手低」不是自謙，而是懶惰的藉口。培養了欣賞力，同時也必定促進了創作力。

當然啦，古今中外的名著，都是作者經過千錘百鍊的精品。要想自己的作品，能一下子達到那樣的水準，是不切實際的妄想。莫泊桑說：「天才是由於恆久的努力。」寫作的才情是由於磨練而一點一滴累積起來的。勤於讀，勤於體認，勤於寫，筆自然能從心，眼高手也自然地高了。

大學時，恩師啟發我們欣賞史記。常驚異於司馬遷何以能將距離他那麼久遠的人物刻畫得絲絲入扣。恩師說：「作者的成功，一半是靠資料，一半是靠想像力與創造力。所以他能『究天人之際，通古今之變，成一家之言。』而想像力與創造力也是由培養而來。你如有鑑賞力，就有了同等的想像力和一半的創造力了。」恩師的話誘導我走上寫作之路。

恩師又用析字法解釋一個「笨」字，說「笨」字從「竹」從「本」，竹就是書冊，表示讀書是人的基本。愈是笨人，愈要用功讀書。他謙虛地說自己很笨，所以一生讀書不輟。恩師的教誨時時在心。所以在讀書與寫作方面，一直兢兢然未敢稍懈，期能向著「眼高手也高」的方向努力。

——原載民國七十七年九月二十一日《中華日報》副刊

四十年來的寫作

四十年來，我一直兢兢業業地沒有放下筆，一來是由於寫作是一份旨趣，放棄了會感到空虛。二來則是希望寫作鞭策自己日新又新，至少使心靈與思維保持敏感清新。所以寫作與讀書是我的終生寄託，在這方面的鍥而不捨，只是歷程而不是成果。我無論怎樣忙亂或心情欠佳時，一投入寫作，煩憂就會丟諸九霄雲外。雖然文章裡有喜有悲，那是忘我的悲喜，是超越於塵緣之外的悲喜，即使流淚也是快樂的。

我的作品，從構思到完成，過程是相當辛苦的。對自己來說，也是一種快樂的煎熬。也許有人認為寫散文不比寫小說，小說要安排故事，穿插情節，描繪人物，呈現主題。散文則是直抒胸臆，正如胡適之先生說的「我手寫我口」。但文章究竟不同於口語，不能不下一番修飾工夫。古語說「言而不文，行之不遠。」我們讀古今名家散文，無不字字璣珠。我是念文學的，也愛詩詞。在一篇稿子寫完以後，總要來回讀好幾遍，檢討上下文語氣是否貫穿，全文前後是否呼應，是否有矛盾。遇有句中聲音太接近的字或重複的字，總要盡量修改，盡量做到「文從字順」。我不喜歡玩文字遊戲，或故作驚人之筆。認為「平易」並不是「平淡」、「平庸」，要寫到平易，才是工夫。

寫作是快樂的煎熬，也是苦樂參半。當一篇稿子寫到一半，突然思路不通，卡住了，那真是懊喪萬分。只好廢筆而起，外出散步或做家務、手工，整個把它忘掉，回頭來再提筆。如仍繼續不下去，就把稿子撕去，相信人人都有此經驗。我不是天才，很少能有一氣呵成的文章，總是塗塗改改，抄了再抄。儘管再抄的字跡仍一樣不成形不成體，而文章卻漸漸成形成體了，到此時，心頭的快樂無比。

童年時代雖讀過古書，但都是有口無心的背誦。直到高中大學以後，經幾位恩師指點，才真正體會其中奧妙。尤其是左傳史記中的許多篇章，讀一遍有一遍的領悟，覺得現代學者的許多文學理論，種種的主義等等，都包含在我國古典巨著之中了。此二書對散文小說之創作，可取法之處不勝枚舉。至於歷代大家詩詞，選若干篇自己所喜愛的，時時默念背誦，則有陶冶性靈，拓展胸襟之功。於哀傷憂患中使我振奮，引導我走上人生正路。默誦詩詞真有如信徒們的祈禱一般。

奧爾訶德的小婦人一系列三本小說，我一直愛不釋手。這是我中學英文課本，老師講解時對於我們的為文為人，啟發至多，至理名言，念念在心。三書的英文平易而美妙，寫平凡的家庭親子之情，安貧樂道的高潔情操，一片厚道樸質的氣氛，洋溢全書。故事的穿插，人物的描繪，亦極為自然生動。作者於無技巧中見技巧，功力實不遜於其他許多名著。《小男兒》則是極好的兒童文學，老少咸宜。我喜愛這三部書遠勝於《咆哮山莊》與《傲慢與偏見》。我是不研究西洋文學理論的人，讀小說只憑一己的愛好與直覺而欣賞，《約翰克利斯朵夫》寫主人翁在「善與惡」、「成功與失敗」，「享樂與苦難」之間的顛簸掙扎，深刻萬分。細讀一部好的名著小說，獲益豈只在寫作技巧上的領悟而已。

我在司法界工作達二十六年之久，有一度曾任刑庭記錄書記官之職。面對社會的醜惡面，對人情世事與人性也更多一層認識。幸運的是獲得一二位仁慈老法官的指點誨諭，又憶起先父母與恩師慈悲為懷的教誨，愈加希望能以文學的力量，轉社會的戾氣為祥和，轉人世的煩惱為菩提。所以二十六年的漫長歲月，不但沒有消磨我的志氣，反給我更多的歷練。我訪問了監獄裏的受刑人，有許多受刑人還和我通信傾談悔過自新的心情，使我編寫教化教材，更具信心。我深感監獄受刑人教化教育工作，比正常的學校教育，要付出更多的耐心與愛心。我也曾以法官與受刑人的題材，寫過幾篇短篇小說，也是一份「哀矜勿喜」的深刻體驗。

我最愛的書是《左傳》、《楚辭》、《史記》、杜甫詩、白居易詩、蘇東坡詞、辛棄疾詞，王陽明的《傳習錄》。小說最愛《紅樓夢》、《聊齋》，西洋小說最愛《約翰克利斯朵夫》、《簡愛》、《黑奴籲天錄》、《小婦人》、《好妻子》、《小男兒》、《紅字》、《塊肉餘生記》等。

我沒有寫過多少部兒童文學作品，《賣牛記》、《老鞋匠與狗》是我的即興之作。此外還有《琦君寄小讀者》、《琦君說童年》。我不談兒童文學的寫作技巧，只是寫出使兒童們會受感動的兩個真實故事。沒有幻想與虛構，沒有渲染。此外大多寫兒時生活的回憶，小讀者們都很喜歡。我寫作時，就回到兒時的心情，實實在在地寫出當時的情景，因此現在的孩子們與老年人（當時的孩子）都喜歡看。我在寫的時候，自己當年那個傻傻的樣子就在眼前，所以並不覺得是在寫回憶，只覺得自己又變成孩子了。如今雖已年逾七旬，但從不去想自己的年齡，可說是真正的「忘年」，只想到自己還有好多書要讀，好多文章想寫。遺憾的是時間不夠，而且看過的書，查過的英文生字，轉身即忘。因此奉勸年輕朋友，千萬愛惜光陰，趁年輕記憶強時多讀書多吸收，在成長中慢慢消化。培養辨識力、思考力，知道如何取捨。所謂的「智慧」，我認為並非天生而是培養的。天賦予我們都是同樣的腦筋，看你是否肯運用，肯思考，否則腦筋就長鏽了。

青年人喜歡新奇是好事，但一味追逐新奇，模仿新奇，而不憑自己深切的感受而寫，縱然可以取寵於一時，也不是永久的。我國古典文學寶藏無窮，可以由淺入深，慢慢地讀，慢慢地培植起深厚根基，然後或同時涉獵西方名著與文學理論。對中西文學之異同，心中自有尺度，就不至一味「崇」洋，或一味「泥」古了。朋友們都說我的散文中人物有小說的味道，但僅僅有「味道」是不夠的。小說必須著意安排，強調，虛構，穿插，而我記憶中的人物實在太鮮活，太真實，我不忍心著意描繪，深怕他（她）惱怒而遠離了我。還有些我想起來就不愉快的、曾給我極大痛苦的人物，我又沒有一枝兇狠的筆，一顆報復的心去寫他（她）們。因為恩師與先母對我說過：「時時要有佛家憐憫心腸，不要著一分憎恨」。由於這種矛盾心理，我筆下也產生不出反派角色，因此我永遠只能寫溫厚善良人物。

但近年來，我時時有想寫小說的意念。我想起《小婦人》裏除了馬叔婆有點古怪脾氣以外，不都是善良到極點的人物嗎？而且到了「看山又是山」的今日，正該掉轉筆來，於散文之外，再寫點小說以自娛了。我在寫第一篇小說〈姊夫〉，被《文壇》創刊號以第一篇刊出時，就曾對自己許下心願，我要寫篇長長的好小說，悠悠幾十年飛逝而去，這篇小說在那裏呢？我對自己又如何交代呢？歲月不居，不知道上天留給我的還有幾年？我真的還能寫嗎？而那個時代的人性，那些人物的悲歡離合，和彼此之間的傾軋，他們的愛與恨，不寫出來，豈不都將被我埋沒了嗎？

再嘗試寫小說，固然是另一種挑戰，我又怕注定會失敗。因為愈看新秀的作品，我愈迷茫，小說究竟應當怎樣落筆。我終於想起恩師的教誨：「任何文章都可以讀，都可以寫，但求不失卻自我。」那麼還是照著自我既定的方針，寫自己熟悉的人物，不要去關心什麼主義或理論了。

中國古典詩詞，蘊藏至豐，多讀、多體會，自可以引發興趣。不一定懂得技法與音韻平仄，只要於朗誦時心中有一分意境和美的感受就有益了。現代詩我雖不懂，但現代詩人多半於舊詩詞有深厚素養。新詩想像之豐，比擬之鮮活，遣詞練句之精，多讀可有助於散文之凝歛。我喜歡將西洋名著翻譯與原文對照起來細讀。這並不是偷懶，而是可以體會譯者對原著領悟之深刻，和他翻譯時一字不苟之苦心。因而對兩種不同語文在思想感情上之精妙表達方式，有了貫通，於其中可獲得無窮樂趣。這也是一種進修英文與練習寫作的方法。

我始終認為，創作上一個最重要的字就是「誠」。「誠」就是真摯的感情，正確的思想。古語也說「修辭立其誠，不誠無物。」沒有真切的感受，只是在文字上玩技巧，終落得空疏無內容。秉一個「誠」字而寫，便是至情至性的好文章。

其實寫什麼內容都無關係，只要是自己的深切感受。一花一木，一粒沙子中都可見大千世界。只要不是為文造情，只要不寫夢囈似的叫人看了如墮五里霧中的文句。能寓情於事，寓理於情的，都是有可讀性的好文章。

至於緬懷舊事之作，必須要對現實人生有所啟迪，不能一味懷舊，否則那真變成「今之古人」，一點時代意識都沒有的陳腐人物了。

舊書新義

文友喻麗清在她的隨筆中說：「讀舊書，可讀出新義來。」她說的舊書，不一定是指古書，而是泛指已經讀過的書。讀一遍自有一遍的心得，所謂溫故而知新也。

現代人生活節奏快速，但無論如何，總要有個意定神閒，與書為友的時刻。見聞日廣，領悟益深，心胸自然開闊了。

在今日多元化的社會情態中，各種書刊，如潮湧來，令人有目不暇給之慨。但開卷總是有益，他山之石，可以攻錯。讀舊書可悟出新義來，讀新書也可悟出舊義來。此「舊書」則指的是「古書」。於是新舊交融，上下貫通，可獲得無窮樂趣，真個是「書中有真味，欲辯已忘言」。

但有時讀某些「現代派」作品，卻似乎是詩非詩，文非文，亦詩亦文，不詩不文，似小說非小說，說理乎？抒情乎？使我這個「今之古人」如墮五里霧中，只好自嘆追不上潮流，落在時代後面吃灰塵了。好友常笑我頭腦冬烘，不合時宜，乃以「今之古人」雅號見贈，自感當之而無愧呢。

現代人有借用哲學術語的「幾度空間」論寫作技巧者。某次一位作家在她的演講中說寫小說要有「三度空間」。即作者、讀者、書中人物都各有空間，可惜我未去聽。據我想，大概是作者在寫小說時，全心靈注入作品中，這是作者的空間。但他必須設身處地，以書中每個人物的心情為心情，這是書中人物的空間。但有時又必須跳出此二者，以第三者純客觀的眼光來描繪一切場景與心態，這是給予讀者的空間。但若該小說是採用第一人稱「特定觀點」的手法，則只能透過小說中的「我」來體認一切，而無法用第三人稱的「全稱觀點」來透視一切了。

這是我粗淺的想法，瞎子摸象，不知有當否。我也曾試讀那位作家的小說，發現他在敘述中常忽然加入「讀者」二字，覺得文氣頗有點被割裂之感。仔細想想，也可能是這樣喊一聲「讀者」，是為了引起讀者注意，給讀者一點空間吧。想起舊小說中寫到精采之處，就喊一聲「看倌們」，可能是同一用意吧！若真是如此，則也算是一種新舊筆法的交融吧。

但我認為，無論散文、小說、詩，總要能引起廣大讀者共鳴的才是好作品。也就是說，文筆方面，必須用的是大家的共同語言，不作怪，不賣弄技巧，不標新立異，不譁眾取寵。方言可以有限度的運用，是為了傳真傳情，而不是故意刁難讀者。太史公寫史記也偶用方言，或用重複字以形容口吃，就非常傳神。當年王文興的《家變》固曾轟動一時，作者是以「文字變」象徵「家變」、「心理變」，有意於福建方言的描摹。但通篇都如此，使讀者們讀得十分辛苦，也就感到留給讀者的空間太少。當年我也是用心的辛苦讀者之一，還曾寫了一篇讀後感刊於當時的《書評書目》月刊上以就教於高明。如今事隔多年，對該書記憶猶新。可見一種特殊的文體也產生特殊的作用吧。可惜該書無法譯成異國文字以保留其方言特色。此是題外話，順便說說而已。所以我主張文筆要儘量用共同語言，才能引起共鳴。

至於內容方面，散文是抒寫個人的思與感，態度必須誠懇。第一不要揚己貶人，不謾罵，不諷刺。文字要寫來順手，讀來順口，聽來順耳。於平易中見深思，於真摯中見胸懷。小說的情節須從人性出發，從生活著眼（漢明威語）不離奇怪誕，不渲染色情，如此才是天地間一等好文章。

古人說：「書信是千里面目」。今日大眾傳播如此發達，文章見諸報刊，豈僅只千里面目而已？故下筆之際，不可不謹慎，不可不誠懇。

總之，要敬重讀者，時時把讀者放在心中，如同與好友對談。你的作品才能引發讀者的共鳴，才能真正享受到寫作的樂趣。

——原載民國八十二年八月二十八日《世界日報》副刊

我寫作的信念

1

數十年來，我一直只以一份非常單純的心情，從事寫作。從來沒有試著去探討生命的價值，文學的使命。也不去煩心適合什麼潮流，或刻意為自己建立起什麼風格。我只相信「文章千古事，得失寸心知。」我總是兢兢業業，誠誠懇懇地寫我的所見所聞、所思所感。心靈上確實獲得無比的欣慰，所以我始終抱持著對文學單純的信念。

也許是由於我當時所處的社會環境，不像今天這般多元化地複雜，文學上也沒像今天這麼多的理論。西洋文學教授學院派的理論，也只限於課堂中的講授，還很少看到有哪個作者，根據什麼文學主義，什麼文學派別而寫散文小說的。

可是時下有些文章，虛無縹緲，不著邊際，滿紙人生哲理，擺出一副悟道者的姿態，卻看得人一頭霧水。

幸得我本身喜歡單純，即使有什麼新潮流、新風格，對我也產生不了衝擊力。

我認為處在這個大時代裏，一個人只要他熱愛生命，關懷世事，有豐富的同情心，有強烈的是非感，隨處都是寫作題材。大之可以「放眼看天下」，小之可以愛憐枝頭小鳥。可以懷鄉土，也可以四海為家。大題可以小寫，小題可以大作。

文學的路是一條康莊大道，卻是永無止境的。

2

莫泊桑說，「天才的成就，是由於恆久的耐心。」我永遠記得恩師當年誨諭我們的話：「不必強求做詩人，卻必須培養一顆詩心。不必是一個宗教信徒，卻必須要有一顆虔誠的心。」「詩心」就是「靈心」，也是對萬物的愛心。袁子才說：「吟詩好比成仙骨，骨裏無詩莫浪吟。」教人要自自然然地培養「仙骨」，也就是培養氣質。多讀、多寫、多體認，日久自然形成自己的風格。

風格是作者品格的表現，是無法偽裝，也無從模仿的。你會喜歡或仰慕某人的文采風格，但卻不必刻意模仿。不隨人腳跟、學人言語。比方有的人喜愛張愛玲的小說筆調，學得非常像（也許不是學，而是她們天生的像。）也只不過是第二個張愛玲。

那麼為什麼不建立自己的風格呢？陸放翁說：「文章本天成，妙手偶得之。」各人有他自己的妙手，何必模擬別人呢？

至於對現社會許多缺失或醜陋面的報導，如果落筆之際，是懷著熱忱與善意，不故意渲染，不為了表現而繪聲繪色，倒也是作者的一份使命感。如為了譁眾取寵，或有意醜化人生，那就不值一顧了。

比如時下許多作家，在文中或多或少點染色情，有的更是大量曝露，而美其名曰「人性的寫實」，這些「現代思潮」，我稱之為「新色情派」。

3

醜陋面不是不可以寫，因為人生不如意事十常八九，若故意報喜不報憂，一味歌頌美好，是有違寫作良知的。正為這點良知，著筆之際，必是滿心的同情悲憫，務求喚起世人關懷，以求改進，則其作品必不至產生負面作用。若是有意對暴力色情繪聲繪色，以滿足讀者好奇心與某方面的欲望，而引誘心智未成熟青少年讀者誤入歧途，認為文學的真面貌原當如此。這樣的作者，縱能譁眾素取寵於一時，而在真正文學的國度裏，是沒有地位的。

每個人的秉性不同，所受的教育背景不同，對文學的見解也不同。我始終是主張文學應當多發揚光明美德，這是我國幾千年的文化傳統精神，我們可以擷取西方文學的技法，但不可揚棄本國的固有精神。

我最最服膺毛姆的一句話：「寫小說是七分人生，三分技巧。」寫小說如此，寫散文也如此，所謂「世事洞明皆學問，人情練達即文章。」對人生體會愈深，心情必將愈淳厚愈包容，也愈能寫出蕩氣迴腸的文章。不要擔憂技巧不夠，技巧是為了表達豐富的內涵而逐漸歷練出來的，更不必為五花八門的文體而困擾分心。

記得我中學時，國文老師引美國總統林肯的話誨諭我們做人與作文。林肯先生說：「人，要有複雜的腦筋，與一顆單純的心。」單純的心就是一個「誠」字。任是今日紛亂多變的環境，一個虔誠從事寫作的人，都要冷靜下來，把握這顆心。觀照，體認，同時多讀真正名家散文。（不一定是排行榜上的暢銷書，寂寞的好書多得是。）

4

散文的範疇，原有廣義狹義之分。廣義的包含一切應用文、公文書，可說是非文學的。文學的也分訴諸理念與訴諸感情的兩種，前者為歷史文學、傳記文學、報導文學，方塊雜文等等。後者指的純抒情散文，都可達到極高的境界。上乘純文學散文，必能寓理於情，以情現景。不談大道理而至理自在其中，不著意抒情而情自見。拿古典文學來說，我國的史記、左傳、國策、通鑑，是最好的歷史、傳記文學，也是散文的最高準則。唐宋古文，有說理抒情，有抒情記事，篇篇都百讀不厭，一遍可有一遍的領悟。文章所含的情要真，情真語摯，是天下至文。文字要精，就是字斟句酌，以最恰當之字，表達心意，但並不是矯揉造作的詞勝於情。風格要新，就是不隨人腳跟、學人言語。寫作的心情要輕，那就是不要抱太重的得失之心。一篇文章發表了，獲得讚賞自是欣慰，受到批評或冷落了，不要灰心，毀譽都是一份磨練。

記得恩師有兩句詩：「短髮無多休落帽，長風不斷任吹衣。」今天複雜的社會形態，正是「長風不斷」，讓我們穿著樸素的一襲青衫，在長風中益見其飄然之致吧！

鄉土情懷

言為心聲，文以誌言，語言文字原是表達思想感情的。一個有思想感情的人，哪有不懷念自己出生長大的家鄉的？家鄉的風土人情，家鄉的生活習慣、衣著、飲食，那一樣不令人懷念呢？張素貞教授說得對，「作家寫作總不免寫自己所熟知的鄉土，呈現了他的鄉土情懷。」這也正是作品的真誠可貴處。王粲說：「人情同於懷土兮，豈窮達而異心。」正是此意吧！杜甫吟「月是故鄉明」，立刻引起讀者的思鄉情懷，誰會認為杜甫是個狹窄的本土主義者呢？

至於作品中方言的運用，若能恰到好處，正可以增加文字的鮮活性，與對人物語言神態的刻劃，連太史公寫史記，都間或引用方言呢。但是過分氾濫則將阻礙了與讀者思想感情的溝通。

我倒是想起自己初到異鄉時語言不通的苦惱。我是出生長大在農村的，說的是一口鄉村土話。十二歲到杭州，考入一所教會學校，才勉強開始學杭州話。國文老師命我起立背〈桃花源記〉，我很難為情地說：「我只會用家鄉話背。」老師笑笑說：「好，你就用你的家鄉話背吧！」並命全班同學對著課本仔細聽。我就琅琅地用我的溫州調有板有眼地一氣背到底，同學們一個個都咯咯地笑彎了腰。老師說：「不要笑，我覺得很好聽哩，你們聽她有沒有背漏掉。」大家齊聲說：「沒有漏掉，但是好難聽喲，怪怪的。」氣得我都要哭了。從此拚命學杭州話，媽媽說我連說夢話都說的杭州話呢。會說杭州話以後，和同學們就都很要好了，她們還學著我的溫州調背古文呢。

還有一件有趣的事：在我十歲以前，父親從北京回到故鄉溫州，他帶的隨身忠僕胡雲皋是北方人。胡雲皋每回進廚房來，總會遭到長工們怒目而視，因為他們語言不通。胡雲皋不懂得長工告訴他，特地挑來的山水是專供煮飯和泡茶用的，他卻常常舀來洗手。長工罵他：「良心不好，會被雷劈。」我想翻譯給他聽，卻又說不來北方話。母親看了也忍不住說：「你這樣蹧蹋長工辛苦挑來的山水，觀世音菩薩會罰你的。」

胡雲皋對母親一向很尊敬，但因語言不通，很少交談。這次他卻聽懂了「觀世音菩薩」這幾個字，就問我：「太太為什麼唸觀世音菩薩？」我只好捲起舌頭，用從草台戲上學來的官話，代母親翻譯意思給他聽。胡雲皋馬上說：「下回再也不敢了。」而且合掌向天拜幾下，口唸觀世音菩薩。母親高興地笑了，長工也笑了，才知道他是不懂我們的土話，不是有意糟蹋山水。

「觀世音菩薩」這句共同的語言，溝通了彼此的感情，明白了共同的信仰。胡雲皋與長工從此不但不吵架，反成了好朋友。

胡雲皋再隨父親到杭州以後，總常常對人說：「我回到溫州的時候好開心。」別人聽了說：「你怎麼能回到溫州，溫州又不是你的家鄉。」他馬上說：「怎麼不算是家鄉？溫州的山好，水好，溫州的蔬菜最鮮甜，溫州的朋友最熱情，我還會說溫州話呢！」於是他就眉飛色舞地說幾句連我都聽不懂的「溫州話」，逗得大家樂呵呵。

這些陳年舊事，如今想起來，仍感溫馨無比。這也足以證明語言對於彼此感情溝通的重要性。

其實不改的鄉音，正是一份故土情懷的慰藉。一個作者在他的懷鄉作品中，偶然運用家鄉語言，表現一份溫厚的鄉土氣息，正是文學的逼真之處。李瑞騰教授說得好：「方言融入文學，有人看不懂，有人卻看得津津有味。」我想即使看不懂也會引起好奇心而不是「排斥感」。作者偶然運用方言是傳真、傳情，是一種文學的技巧。若恐讀者不明白，可以加括弧說明。但方言不要引用太多，以免違背了文學共通性的原則，否則就不是真正好的文學作品了。

永懷琦君專輯

編者的話：

琦君的名字幾乎就是現代散文的代稱，她以文字與時光拔河，筆下那位好奇、調皮、被寵愛的小女孩活在一代又一代的讀者心中，永不退色。她以悲憫之心傳遞普世的美與善，文字清麗樸實。懷舊、憶往，在笑影中閃著淚光，哀而不傷；捕捉人情之美，意到筆隨，寫出人人「意中所有，筆下所無」的情境，引起廣大共鳴，不但被翻譯成多國文字，更經常入選海內外各級中學國文課本。

作品經常入選中學國文課本，包括：

〈守時精神〉（《母心・佛心》）、〈媽媽炒的鹹酸菜〉（《永是有情人》）、〈想念荷花〉（《水是故鄉甜》）、〈靈犀一點〉（《淚珠與珍珠》）、〈畫狗點睛〉（《淚珠與珍珠》）、〈好鳥歸來〉（《萬水千山師友情》），以及〈髻〉、〈一對金手鐲〉、〈虎爪〉、〈下雨天，真好〉等，國立中央大學更於二〇〇五年十二月成立「琦君研究中心」。彭歌稱其作品「富於東方氣息」，同時深得夏志清等人讚譽，茲列舉於下。

名家推薦

夏志清：

琦君的散文和李後主、李清照的詞屬於同一傳統，但它給我的印象，實在更真切動人。她的成就、她的境界都比二李高。我想，琦君有好多篇散文，是應該傳世的。

楊　牧：

琦君散文的嚴密深廣，復寓於平淡明朗之中。之所以能寓嚴密深廣於明朗平淡之中，除了以她通達的人情為基礎，則為這份文學技巧的自如運用。琦君以她的敏感和學識做她文學的骨架，洗練的文字佈開人情風土的真與善，保守自恃，為這一代的小品散文樹立溫柔敦厚的面貌和法則。

張秀亞：

琦君最吸引我之處，還是那一段淡淡的煙一般的輕愁，這一股縹緲的愁緒，有如她那篇傑出的小說的題目「紫羅蘭的芬芳」，形成她文章的獨特美麗。琦君是個女人，是個詞人，她那枝寫詩填詞的筆，更潤澤了她的散文同小說，她的文章就是詩，沒有韻的詩，而達到的境界，則是純詩的境界。

亮　軒：

她的「身邊瑣事」總也寫不完，不用說是新近的事情，便是早已用過的老題材，照樣的令人感覺新鮮。琦君是一個澈頭澈尾的有情人，見人則生人情，見物則生物情。這個有情的極致，便是菩薩心腸。這一特色已充分反映在她的作品中。

鄭明娳：

琦君的散文，無論寫人、寫事、寫物，都在平常無奇中含蘊至理，在清淡樸實中見出秀美；她的散文，不是濃妝豔抹的豪華貴婦，也不是粗服亂髮的村俚美女；而是秀外慧中的大家閨秀。

城樓上高掛紅紗燈

——琦君與林海音

應鳳凰

在台灣文壇知名度很高的琦君與林海音，不但擁有廣大讀者群，也堅持在純文學位置上寫作，對文學發展的影響十分正面。兩人相差一歲：浙江永嘉人的琦君生於一九一七年，台灣苗栗人卻在北平成長的林海音，生於一九一八年。兩人都有良好家世，受高等教育也接受五四新思潮洗禮。一九四九年前後，兩人以三十多歲的年紀，因戰亂分別從北平上海來到台灣。因文學上的共同愛好，來台之後開始寫作，且因而結為好友。

因為戰事，她們不得不離開自小熟悉的地方，離開所愛的親人，飄洋過海來到台灣。她們陸海長途跋涉，到達以後還必須適應島上的陌生環境。照齊邦媛教授形容，這些來台知識女性流離遷徙，經驗「生離死別的割捨之痛」，若有男性評論家編派的所謂「閨怨」，渡海之際已全被「淹埋在海濤中了」。琦君與林海音一樣，都是來台之後，才開始在艱苦環境下提筆創作，數十年下來，分別在文學國度寫出一片璨然的天空。

兩人文字風格並不相同。相同的是，都寫過童年故舊為題材的懷鄉作品，像林海音著名的《城南舊事》，琦君的《煙愁》。兩人個性也不相同。林海音除了工作認真，不論編輯或出版事業都經營得有聲有色以外，性格豪爽、大氣，嫉惡如仇。表現於日常生活，則是一種天然的領袖氣質。文友間誰的言行不端，不夠光明正大，表現忸忸怩怩的行徑，只要「林先生」（文友間對她的稱呼）看到了，常常直接給指出來，絕不留情面。比較之下，琦君便顯得溫柔而寡斷，缺乏魄力與主見。還記得某次一群女作家聚合談天，琦君對文友談著什麼私事。忽有人提議可請林先生，琦君直搖手說不敢，「海音知道了要罵我！」現在仍記得琦君當時說著「我還真是怕她」的表情。

從性格再看兩人文學作品的差異。

琦君寫最多的是懷親念舊的散文，從《煙愁》、《紅紗燈》到《桂花雨》、《細語燈花落》、《三更有夢書當枕》。她懷念家鄉美好的山水人文，思念故居摯愛的親人。除了將思鄉情緒化作一篇篇細膩動人的散文，也藉著想念親人，描繪出一個個栩栩如生的家鄉人物。她寫母親、父親、阿榮伯伯、三劃阿王、啟蒙老師，這群身邊人物雖然在不同篇章裡重複出現，由於筆下情真意摯，讀者似乎閱讀再三永遠興味盎然，並不厭倦。

同樣寫童年，刻劃童年時代身邊人物，林海音用爽脆的北京語，乾淨的白話文，將她的兒時玩伴、宋媽、蘭姨娘，以及街坊秀貞等等，在她文學作品裡永久保存下來。作者無法忘懷曾經擁有的美好時光，於是寫出一本膾炙人口的《城南舊事》。她在書裡對自己說：

「我是多麼想念童年住在北京城南的那些景色和人物啊！把它們寫下來吧，讓實際的童年過去，心靈的童年永存下來。」

這段話同時說明了作家為什麼動筆寫作，以及選擇題材的緣由。至於寫出來以後形成的聲音與顏色，具體的人物與景象，塑造出來的地方特色與氣味，便靠各自的文字功夫，是個別接受文學教育，吸收的文學養料所展現的結果。

同樣是「鄉愁」或「懷舊」主題，色調上卻有些微不同。琦君文字溫柔蘊藉，愁腸百轉，雖多呈現良善一面，卻是偏灰的橙黃色調；是屋內爐火的暗黃，窗台燭火的橘黃。雖不忘表現人性光明面，但題材圍繞在親情與私情間，雖有「光」，卻是「紅紗燈」一類的燭光，探照的光暈僅及於家庭或身邊人物。琦君寫故舊親人像呢喃不完的細語，雖身邊瑣事，而細雨（語）裡燈花悄悄落，非常的「家庭與親情」。那溫馨的小小世界裡，空間雖不大，卻因琦君文字是那麼細膩優美，總叫讀者入迷，流連忘返。

比較起來，若琦君是月光的黃、屋中燈光的暖，林海音文字色調則偏亮，是較為亮白清朗的冬天陽光，是駱駝隊緩緩在沙漠裡移動，無邊無際的陽光剪影。同樣是黃色系，林海音文字裡有更多戶外的風沙，她能從高高的黃色城門，看到來自大社會的爭鬥與殺伐、看到制度面的黑暗，封建思想對女性的壓迫。這時候不免印證兩人相異的出生背景——一個生長於中國南方富庶的杭州上海，一個成長於多政治紛擾的歷史古都北平。

因特殊歷史因素與環境背景，百年來台灣「鄉愁文學」質與量均可觀，成為文學史一大特色。從明清時代「領台內地人」在台灣寫出大量懷鄉傳統詩，到戰後余光中等的鄉愁詩，台灣歷史上次數頻繁的殖民與移民，呈現「鄉愁文學」、「鄉愁主題」，內涵繁富的多樣風貌。「鄉愁文學」從地理而言，空間上必須先「離鄉」才可能產生鄉愁，如果從頭到尾留在家鄉，自然無鄉愁可言。其次，時間上必然已成「過去」，光陰已經「流失」，因此鄉愁與「記憶」密切相關。

人人都有溫暖的童年，都有心心念念的家鄉，作家寫什麼題材不是問題，寫得感人寫得好才是讓後代讀者捧讀再三的緣由。

——原載二〇〇六年二月十二日《中華副刊》

永恆的溫柔

——懷念琦君

劉靜娟

九月初，幾個朋友一起到淡水去看琦君大姐，也看她和另一半李唐基先生離開台灣二十年後回來養老的地方。

看到我們，她笑得像一朵花，一方面開心，一方面又在意自己的臉色、穿著好不好看，說，「你們都好年輕喔。」

高齡八十八的她偶爾有時空錯亂的困擾，弄不清楚這是美國還是台灣；可卻有一分要對我們「告狀」的堅持，那是對相依相扶數十年的老伴的不滿。「他是反對黨，我做什麼都反對。」「他都要限制我，我曾想寫詩，他就笑我幾歲了能寫出什麼好詩！」口氣不平，有孩子氣的怨惱。李先生笑著，「她總說可惜當年她的父親不同意她讀外文系，不然也可以用英文寫作；我跟她說如果她不是讀中文系，就沒有今日的琦君了。」

我們一起說對啊，用英文寫作怎麼也比不過以英文為母語的人；國學根基深厚的她以自己的文字書寫，才能寫出一本本優美的、溫柔敦厚的散文，才能對台灣一代代的學子造成那麼大的影響啊。

這幾年她已不創作，卻「餘恨未消」地抱怨以前每寫一篇都要先生過目，他卻多半沒有好話。「就是做菜，要他表示一點看法，他都說不說話就是表示還可以；說話就是要批評，要吵架。」我們覺得驚訝，寫作多年，幾個人還巴巴地要另一半先看自己的文章呢？有時書出版了，家人肯翻兩頁說一句「寫得不錯啊」就算做了交代了。可見這對老夫老妻多麼密切。

上次看到琦君是二〇〇一年十一月，那次她回了一趟出生地溫州，返美國的家之前，到台灣小做停留看看朋友。

那日，旅邸客廳的電視機上面擺有框在精緻相框裡的大陸行照片。聽我們稱讚，她談到她家的莊園早被共產黨拿去辦中學，只老宅給當古蹟保留著；再後來才作為

「琦君文學館」。她所有的著作都已送去，請有專人管理。「那三溪中學，目前只有初中，很快會有高中。」這一趟返鄉，有攝影名家跟隨著拍了一系列的照片，並且貼成很藝術的本子。其中不少拍的是琦君成長的古色古意的故居，和鄰近美麗的山水竹林。她指著老宅一隅，說她媽媽（也是伯母）和二媽（二姨太）房間背對著背；姨太們各有各的娘姨，娘姨之間有競爭，會吵架，自我標榜著給主子梳的是什麼什麼頭；她媽媽量大，不愛爭，說她梳的是鮑魚頭，最簡單。有些照片裡三溪中學的學生和鄉親夾道歡迎，我說坐在「滑竿」——兩根長竿中間籐椅上的她很風光，好像「皇后出巡」；她笑得像小孩，很是可愛。

恰好同時去看她的有雜誌編輯，訪談之外要錄音，請她讀一小段「桂花雨」。她謙說聲音不好，可是讀起來，嗓子雖有些沙啞，卻很有味道。她念著父親告訴她各種花的名字，其中「叮咚花」，特別柔軟悅耳，好聽極了。念完了，說，「詩人一定覺得桂花可吃很俗氣，但我就是喜歡它。饞嘛。」

說起創作，自然也要談起大學裡的恩師夏承燾先生，「他都說寫文章，心要輕，筆要勤，文要精。輕是指輕鬆。」聲音真是輕柔，像她溫暖柔軟的手。「師母不會說上海話、國語，只我可以和她說家鄉話。她常坐在帳子裡，我都說她像是坐在帳子裡的觀音。」

她回美國後，我們還通過賀卡和一兩封短信，這幾年她深受關節疾病之苦，寫信只草草幾個字——她的字本來就又大又草。她的性子急，常收到信當天就回；曾有一信竟是在郵差等待著的情況下急急寫好、交寄的。我也親自領受過她的急性子，在台北時，邀她為新生副刊寫稿，只要答應，總是來得很快；可是登出後如果沒有很快收到報紙，電話裡的聲音就不大愉快。有一次我親自去投郵，她卻說沒有收到，害我拚命喊寃，又再限時寄去一分。

她一直喜歡小東西，文友們常會得到她愛不釋手買來分享大家的小磁鳥、小鈴鐺、小玩偶；從美國來信，不方便寄她在舊貨攤「搶購」的小擺飾，就偶爾寄一張剪紙——四面立體的紅色春字或囍字。因為上面繫著一條紅棉線，我就把它掛在檯燈上，或用膠帶貼在梳妝鏡上，讓屋子裡增加一分喜氣。

剛認識琦君時，當然是一個晚輩對前輩的仰望。出版新書，寄請她指教；她寫信說陰雨多日，心情低落，讀了我溫馨的書，「人才活了過來」；還說我筆下的兒子多麼可愛生動，「好想抱抱你的寶寶」。她的鼓勵和誇讚總讓我歡喜好久。可惜因為個性靦腆，她邀我去她家玩，說比劍舞給我看；我竟一直拖著不曾去。後來在文藝場合或她們那一輩女作家午後的聚會做個安靜的旁聽生，都很喜歡她的俏皮幽默。她說自己性子急，喫糖時常卡卡就咬碎，只偶爾肯讓糖貼在「天花板」上，讓它慢慢溶化；說她先生凡事認真，「老虎追來了，還要回頭看看牠是公的還是母的。」形容小孩的笑容，她說「他笑得像個小木魚」。最好笑的是，她買了好多蘇雪林的書，要送給學生；因為想讓學生們有蘇先生本人的簽名，便寫信給她，並附了一小疊紙條，「請幫我簽名」。誰知紙條寄回來了，上面寫的全是「琦君」。蘇先生還對人說：「琦君好奇怪，居然叫我幫她簽名。」

琦君的聲音柔軟，表情生動，消遣自己、自己的丈夫或說文壇趣聞，都給人餘味無窮的感覺。

二〇〇一年那次見面，我帶了一個蠟染棉布做的手縫信插給她，她很歡喜，拍照時，要我也一手捏著它，說，「好像頒獎呢」。阿彬給她一條粉紅絲巾，把她的臉色襯得更好，她圍在脖子上拍照，又俏皮地披在頭上，我們說她非常嫵媚，更把她笑得合不攏嘴。

相隔三年，她的外表並沒有什麼改變，皮膚仍然細緻，聲音仍然輕柔悅耳。因為第一次的拜訪，她捨不得我們走，我們當即約了一個星期之後再來；第二回，差不多是同樣的人，她仍一再問「她是誰」。只有我，因為在她比較年輕時就相交吧——雖然像她說的，我們是「君子之交淡如水」，她都笑著說，「當然記得，她是劉靜娟啊。」我說滷豆干前也學她先在豆干上畫十字，她的眼睛亮起來，「是啊，我都會畫十字，比較容易入味。我做的菜比這兒的好多了。」問她還比劍舞嗎？她指指丈夫，「他不讓我做，怕危險。」我們大力稱讚李先生對她鉅細靡遺的照顧，她說，「生病之後，我才知道他的好。」「學會計的人，什麼事都一板一眼。」

二十多年前，琦君寫到丈夫總是消遣他做任何事都要集思廣益、考慮再三、按部就班；住在美國了，卻還要聽台灣英語教學節目的錄音帶；「英語九百句」學得滾瓜爛熟了，卻就是說不出口。李先生說自己「肚子裡都明白，就是開不了口；茶壺裡煮湯圓，倒不出來，莫辦法。」琦君說茶壺的嘴還會吐蒸氣呢。

現在尚稱健朗的李先生常常要替琦君發言。他說琦君到美國後英文退步了，他後來倒是進步了；因為要做她的司機、護士，家裡大小事都由他出門打交道，再不能守口如瓶。更不會像以前琦君消遣他的，「等你把句子造好，那個當受詞的鄰居，早已跑得老遠；現在進行式變成過去完成式了。」

寫了那麼多年，題材又以童年人物為主，琦君卻永遠不會過時。不同年代的讀者繼續享受著她和母親、外公、阿榮伯、鄉人組成的溫暖世界，似乎證明了「善良敦厚」永恆的價值；那也是身處混亂時代的人心嚮往之、樂於分享的質素吧？而她一貫平淡樸實不取巧的筆觸，似乎也說明了這樣的散文才是可長可久的。

多年前她給我的一封長信中說，「有人說我『貧』，老賣回憶和童年，我也覺得太重覆了。昨天就有人當面這麼勸我，口氣當然是非常委婉的。毀譽有什麼關係呢？寫就寫吧，我太懷念過去，也許真老了，還有很多童年沒『賣』完。我每一想起那些人和事，就會鼻子酸酸的。」

她的童年回憶能打動人，沒有「賞味期限」，就因為它們先讓她鼻子酸酸的，而她又有一枝溫柔的好筆啊。

——原載二〇〇四年十一月二日《自由時報副刊》

名家名著選 24

夢中的餅乾屋

著者　琦君
發行人　蔡文甫
出版發行　九歌出版社有限公司
臺北市105八德路3段12巷57弄40號
電話／02-25776564・傳真／02-25789205
郵政劃撥／0112295-1
九歌文學網　www.chiuko.com.tw
印刷　晨捷印製股份有限公司
法律顧問　龍躍天律師・蕭雄淋律師・董安丹律師
初版　2002年3月
增訂新版　2013年4月
新版5印　2021年12月
定價　280元

書號　0107024
ISBN　978-957-444-875-3
（缺頁、破損或裝訂錯誤，請寄回本公司更換）

版權所有・翻印必究　Printed in Taiwan

國家圖書館出版品預行編目資料

夢中的餅乾屋 / 琦君著. – 增訂新版. --
臺北市：九歌, 民102.04

面； 公分. -- (名家名著選 ; 24)

ISBN 978-957-444-875-3(平裝)

855 102003595